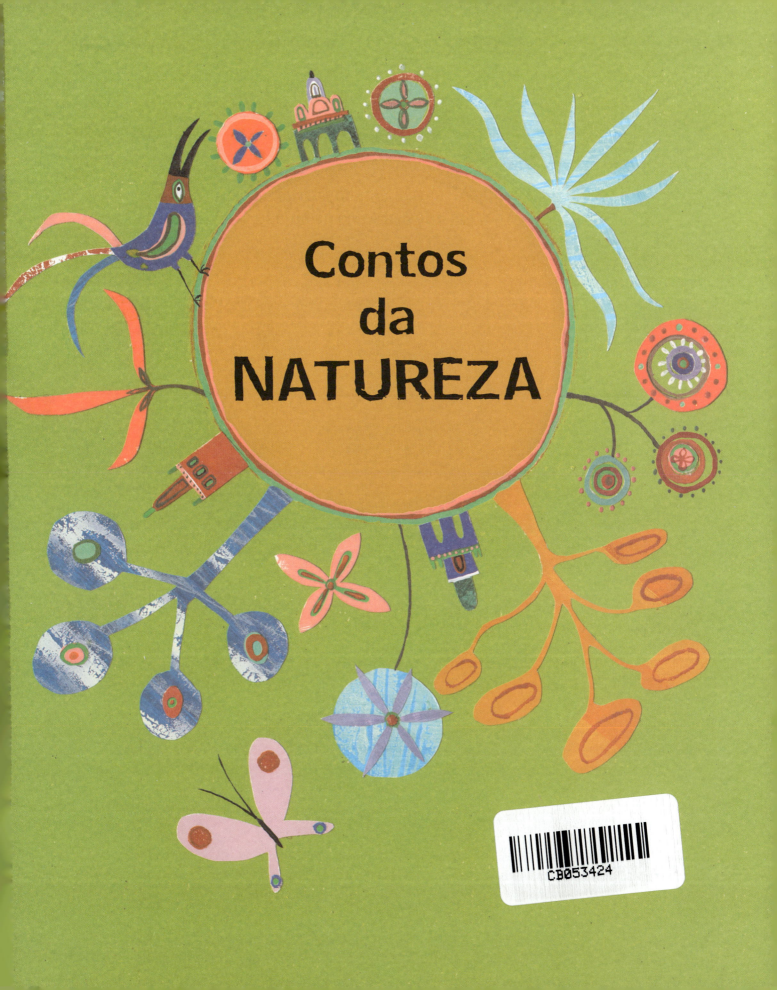

Para Al, Heather e Megan, minha querida família – D.C.
Para Mia, um belo acréscimo ao mundo – A.W.

*Esta obra foi publicada originalmente em inglês com o título EARTH TALES
por Barefoot Books, Bath, Inglaterra
Copyright © 2009 by Dawn Casey, para o texto
Copyright © 2009 by Anne Wilson, para as ilustrações
Fica assegurado a Dawn Casey o direito moral de ser reconhecida como autora do texto
e a Anne Wilson o direito moral de ser reconhecida como ilustradora desta obra.
Copyright © 2010, Editora WMF Martins Fontes Ltda., São Paulo, para a presente edição.*

1ª edição 2010
2ª edição 2022
3ª tiragem 2023

Revisão da tradução
Monica Stahel
Acompanhamento editorial
Luzia Aparecida dos Santos
Revisões
Márcia Leme, Helena Guimarães Bittencourt
Edição de arte
Katia Harumi Terasaka
Produção gráfica
Geraldo Alves
Paginação
Moacir Katsumi Matsusaki
Impressão e acabamento
PlenaPrint

Dados Internacionais de Catalogação na Publicação (CIP)
(Câmara Brasileira do Livro, SP, Brasil)

Casey, Dawn
  Contos da natureza / recontado por Dawn Casey ; ilustrados por Anne Wilson ; tradução de Waldéa Barcellos ; revisão da tradução Monica Stahel. – 2. ed. – São Paulo : Editora WMF Martins Fontes, 2022.

  Título original: Earth tales
  ISBN 978-85-7827-285-2

  1. Literatura infantojuvenil I. Wilson, Anne. II. Título.

22-117530   CDD-028.5

Índices para catálogo sistemático:
1. Literatura infantil   028.5
2. Literatura infantojuvenil   028.5

Cibele Maria Dias - Bibliotecária - CRB-8/9427

Todos os direitos desta edição reservados à
Editora WMF Martins Fontes Ltda.
*Rua Prof. Laerte Ramos de Carvalho, 133 01325-030 São Paulo SP Brasil
Tel. (11) 3293-8150 e-mail: info@wmfmartinsfontes.com.br
http://www.wmfmartinsfontes.com.br*

Figuras na p. 21 retiradas de The Waste and Resources Action Programme [Programa de Ação dos Recursos e do Lixo]. A tradução para o inglês do discurso na p. 32 é de *Keepers of the Earth - Native American Stories and Environmental Activities for Children* [Guardiães da Terra - Histórias dos indígenas das Américas e atividades ambientais para crianças], de Michael J. Caduto e Joseph Bruchac (Fulcrum Publishing, 1988).

Contos da NATUREZA

Recontados por
Dawn Casey

Ilustrados por
Anne Wilson

Tradução de
Waldéa Barcellos

Revisão da tradução
Monica Stahel

wmf martinsfontes

Introdução

Habitantes da cidade ou do campo, todos nós dependemos da Terra em todos os sentidos: precisamos usar seus materiais para construir abrigos e confeccionar roupas, precisamos de água limpa para beber e de boas colheitas para comer. Podemos até pensar que somos isolados da natureza, mas na verdade o ciclo da nossa vida é completamente ligado aos ciclos do mundo natural.

Por tradição, as pessoas sempre viveram muito perto da natureza, apreciando o que ela tem para oferecer e, em troca, respeitando-a. Isso se reflete nas histórias das diferentes culturas: os contos mais antigos falam de Mães Terra e Árvores do Mundo, de Antigos Oceanos e Jardins Paradisíacos. Falam de espíritos fantásticos e animais falantes. Muitas religiões e crenças ensinam que o paradisíaco se revela através da natureza. Por todo o mundo, canções e histórias exprimem uma profunda compreensão da Terra como algo sagrado.

É triste constatar que esse respeito pela natureza já não é tão forte quanto há apenas cem anos. Recentemente, muitas pessoas e instituições começaram a abordar o mundo natural de maneira mais egoísta, como algo para ser usado e para render dinheiro, sem se importar com os danos que suas ações possam provocar.

Agora, numa época em que voltamos a ter consciência de que precisamos viver em equilíbrio com nosso planeta, essas histórias antigas oferecem uma mensagem importante. Fiz uma seleção de contos que celebram nossa ligação com a natureza e nos fazem lembrar da importância de cuidar da Terra, nosso lar. Há mitos que renovam nossa compreensão sobre o aproveitamento do solo, histórias que exaltam o esplendor e a beleza do mundo natural e contos sobre a sabedoria de cuidar da Terra.

Ouvir hoje essas histórias antigas e agir de acordo com seus conselhos nos ajuda a seguir adiante, comprometendo-nos a zelar pelo amanhã.

Dawn Casey, Lewes, Grã-Bretanha, 2008

Sumário

As histórias

A Mãe Sol
Austrália
6

Por que o céu é tão longe
Nigéria
20

Ela que Está Só
Sudoeste dos Estados Unidos
32

A Lagartixa irritada
Bali
44

O jardim mágico
Cazaquistão
56

A árvore de Amrita
Índia
70

Água malcheirosa
País de Gales
84

As atividades

Faça uma pintura inspirada nos aborígines australianos
18

Faça sopa com sobras
30

Faça uma boneca de palha de milho
42

Cultive seus tomates
54

Faça um comedouro de pássaros com uma pinha
68

Construa uma cabana de salgueiro
82

Faça um minijardim aquático
94

Fontes e agradecimentos
96

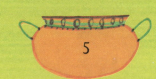

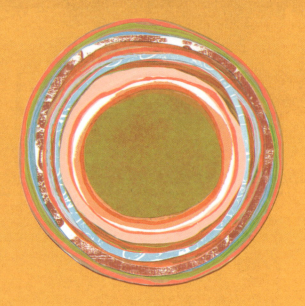

Austrália

Há muitos grupos diferentes de povos indígenas, ou nativos, que vivem na Austrália, cada um com sua própria língua e cultura. É comum a todos esses povos o conceito do Sonho e a crença em que a Terra e todos os seres vivos são sagrados.

As histórias do "Sonho" falam de seres espirituais ancestrais. No início do mundo, os antepassados percorreram os vários territórios despertando montanhas, rios e desertos, cangurus e formigas doceiras. Eles despertaram cada uma das características e cada uma das criaturas da Terra.

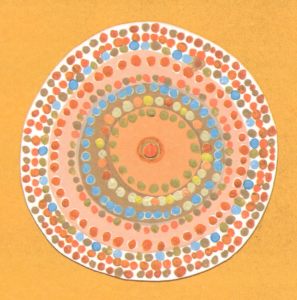

Para os aborígines australianos, os espíritos dos antepassados ainda estão presentes por toda parte e em cada ser vivo. Ainda hoje, esses espíritos habitam rochas, plantas, animais, estrelas, o vento e a chuva, zelando por suas criações. Como a Terra está repleta desses espíritos, toda a natureza é sagrada.

Cada pessoa pertence ao lugar onde nasceu e é guardiã desse lugar. Cada um tem a responsabilidade de proteger e preservar o espírito do seu território e as formas de vida que fazem parte dele.

As pessoas saem em peregrinações para vigiar a terra em que elas e seus ancestrais nasceram. Realizam cerimônias e cumprem rituais, reencenando o Sonho em pinturas, danças, histórias e canções.

Se cada um de nós cuidar do pequeno pedaço de terra ao qual pertence, todos juntos poderemos cuidar da Terra inteira.

A Mãe Sol
AUSTRÁLIA

Muito tempo atrás, no tempo antes do tempo, havia a escuridão. Havia o silêncio. A Terra dormia. Por baixo da superfície do solo, todas as formas de vida estavam adormecidas.

Lá no céu, a Mãe Sol também dormia.

Até que um dia ela ouviu o sussurro do Grande Espírito:

– Acorde, minha filha.

A Mãe Sol respirou fundo, e o ar parado vibrou. Ela abriu os olhos, e a luz se derramou sobre o mundo.

O Grande Espírito falou novamente:

– Está na hora de você acordar a Terra.

A Mãe Sol abriu um sorriso de raio de sol, e a Terra se aqueceu.

Veloz como uma estrela cadente, a Mãe Sol desceu voando até a Terra vazia. O chão era gelado e duro debaixo dos seus pés. Com muita delicadeza, ela deu um passo. E, quando seu pé descalço tocou no solo nu, ela teve uma sensação maravilhosa e remexeu os dedos. Ergueu o pé, e os primeiros brotos verdes de capim do planeta se revelaram. A cada passo que dava, capim verde e novo brotava em suas pegadas.

A Mãe Sol andou para o leste, o oeste, o norte e o sul, percorrendo todos os cantos da Terra. O capim ondulante nascia no seu rastro até o solo se cobrir todo de verde.

Folhas se desenrolavam. Folhas lisas, folhas pegajosas, folhas sedosas e folhas espinhudas. Folhas aveludadas e folhas cerosas. Folhas redondas, folhas pontudas, folhas espalmadas e folhas em forma de coração. Folhas pontilhadas, salpicadas e malhadas. Era uma espantosa variedade de folhas.

Botões iam se abrindo. Flores desabrochavam em púrpura, amarelo, branco, vermelho e milhões de tons dessas cores. Seu perfume era divino.

Pequenas árvores afundavam suas raízes na terra, estendiam os galhos para o alto e cresciam. E raízes e frutos, castanhas e brotos iam engordando e amadurecendo: uma abundância de coisas boas para comer.

A Mãe Sol veio sentar entre as flores de pétalas macias, aspirou profundamente o frescor do perfume azul dos eucaliptos e descansou do seu trabalho.

Então, mais uma vez, ela ouviu a voz do Grande Espírito.

— Filha, está na hora de entrar nas cavernas da Terra e despertar os espíritos adormecidos dos animais.

A Mãe Sol rumou para as regiões escuras e frias do mundo. Quando entrou na primeira gruta, sua luz brilhante acordou os espíritos adormecidos, e ela ouviu um zumbido intenso e vibrante. Lagartas, larvas e besouros, minhocas, formigas e abelhas saíram da gruta, se contorcendo, rastejando e pululando.

Quando a Mãe Sol saiu da caverna de volta para o mundo, atrás dela veio um caleidoscópio de borboletas. Os insetos esvoaçavam de um arbusto para o outro, e o mundo era uma dança de cores tremeluzentes.

Mais uma vez, a Mãe Sol descansou. Do alto das montanhas contemplou radiante o esplendor da Terra.

Revigorada, a Mãe Sol desceu, desceu muito, e entrou na gruta seguinte. Pisou em gelo sólido, e o gelo começou a derreter e a se introduzir entre seus dedos. Por baixo dos seus pés, um riacho começou a correr, respingando em volta dos seus tornozelos. O calor da Mãe Sol despertou lagartos, rãs e cobras. Um rio escorreu para fora da caverna, enchendo lagos e lagoas, córregos e sangas, e o mar vasto e profundo.

A Mãe Sol saiu mais uma vez pelo mundo, roçando as águas ondulantes com os dedos das mãos. À sua volta, nadavam cavalos-marinhos e tartarugas, peixes de todos os tamanhos e cores, do prateado perolado até o vermelho coral.

Mais uma vez a Mãe Sol descansou, pois estava exaurida pelo esplendor do mundo.

Ao entrar na gruta mais fria e mais escura das entranhas da Terra, a Mãe Sol estava acompanhada por uma procissão de criaturas rastejantes, algumas

caminhando com centenas de pernas, outras deslizando sem perna nenhuma.

Seu olhar desceu para as profundezas da caverna, e seu rosto se iluminou cheio de ternura. Ao longo de todas as saliências rochosas estavam as formas em espírito de aves e animais. A presença dela despertou as tribos emplumadas e os clãs peludos. As asas batendo com grande estardalhaço, aves com todos os tipos de vozes e pios lançaram-se para fora da caverna e para a vida.

Papagaios assobiavam, emus bamboleavam, e nas copas das árvores ressoava o riso dos martins-pescadores. E então saíram os outros animais. Uma variedade infinita, um alarido exultante.

Todas as criaturas se reuniram em torno da Mãe Sol, felizes por estarem vivas. Ela falou com voz mansa para a multidão de seres ao seu redor.

— Ouçam, meus filhos. Como sementes, no inverno, vocês dormiam dentro da terra. Como sementes, na primavera, eu os

acordei. Minha obra está feita, e voltarei para meu lar no céu. Agora devo deixá-los.

De repente, numa bola de luz, a Mãe Sol se lançou para o lado oeste do céu. Todas as criaturas observavam, temerosas, enquanto a Terra ia escurecendo cada vez mais. Quando a Mãe Sol desapareceu para além da margem do mundo, todos choraram e gritaram como bebês abandonados no escuro.

À medida que a escuridão se aprofundava, sem que a Mãe Sol voltasse, o choro foi parando. Tudo ficou em silêncio. Nada se mexia. Por fim, as criaturas descansaram.

Só um passarinho, a lavandisca, continuou alerta, olhando e escutando, até que viu no leste do horizonte os primeiros raios do amanhecer, de início muito fracos, mas cada vez mais luminosos. Ela começou a pular, gritando sua mensagem para que todos ouvissem:

– A Mãe Sol voltou!

Um a um, todos os pássaros juntaram-se à lavandisca, cantando para transmitir sua alegria ao mundo. Todas as criaturas, sem exceção, voltaram para o céu os olhos iluminados pelo primeiro nascer do sol.

Mas a Mãe Sol não voltou para a Terra. Continuou sua viagem através de todo o enorme arco do céu, rumo ao oeste, até que o mundo escureceu de novo, mas dessa vez as criaturas não tiveram medo. Sabiam que a Mãe Sol tinha voltado para sua morada no céu e que voltaria para visitá-las todos os dias, sem falta.

E assim passou a existir o ritmo do dia, começando com o amanhecer cintilante de orvalho, passando pelas horas longas e esplendorosas até chegar ao pôr do sol flamejante, em tons de cobre, vermelho e ouro. E a noite seguia-se ao dia num ciclo sem fim.

Muitas alvoradas e muitos pores do sol vieram e se foram. O tempo passou. As criaturas se esqueceram da alegria que tinham sentido ao banhar-se pela primeira vez no calor da Mãe Sol. Dia após dia, foram deixando de perceber como eram felizes por estarem vivas em meio a toda a criação.

Os peixes viam o sol cintilar na superfície de seus lagos e lamentavam-se porque desejavam senti-lo tocar sua pele e ansiavam por explorar o mundo lá de cima. Animais de pelo, por sua vez, queriam sentir o frescor das lagoas e explorar as profundezas das águas.

– Quero voar e subir como um pássaro – gritou certa vez um pequeno camundongo.

O ruído de suas queixas acabou chegando aos ouvidos da Mãe Sol.

Veloz como uma estrela cadente, ela voltou à Terra e reuniu seu povo.

– Meus filhos – disse ela, suavemente –, quero que vocês se sintam felizes. Se não estiverem satisfeitos com sua forma, vou lhes dar uma oportunidade de mudá-la. Escolham com cuidado, pois a forma que assumirem agora será sua por muito tempo.

Assim, asas brotaram em alguns camundongos, que saíram voando pelo céu sob a forma de morcegos. Alguns animais de pelo que moravam na terra tornaram-se focas e foram para o mar. Houve insetos que desejaram assumir a aparência de gravetos e folhas.

A Terra era uma profusão de seres, de todas as formas imagináveis, e algumas até inimagináveis! Com tantas maravilhas para escolher, o ornitorrinco quis o bico do pato, o pelo do canguru e, ainda por cima, ovos de casca mole como os do lagarto.

Quando todas as criaturas se sentiram satisfeitas com sua nova forma, a Mãe Sol voltou a falar:

– Agora vou lhes mandar algo novo: vou lhes dar uma parte de mim mesma para iluminar a noite.

Na manhã seguinte, ao despertarem, as tribos de animais viram ao leste algo luminoso surgir no céu.

– Esse é o Planeta da Manhã – disse a Mãe Sol a seus filhos. – Ele é filho do mundo dos

espíritos. É um de vocês. Hoje, ao anoitecer, observem o céu, pois lhes mandarei uma filha também.

Aquela noite, a Lua nasceu. E assim completou-se o ciclo do dia e da noite. Durante o dia, a Mãe Sol brilhava, radiante. À noite, o mundo se banhava ao luar.

Da sua morada no céu, o Planeta da Manhã e a Lua contemplavam a Terra, onde as aves construíam seus ninhos e todas as outras criaturas viviam e amavam junto com seus companheiros e seus filhotes.

Alguma coisa se moveu dentro do Planeta da Manhã e da Lua. Assim eles desceram à Terra e se tornaram marido e mulher. Com o tempo, deram à luz uma filha e um filho: os primeiros seres humanos.

– Sejam bem-vindos! – disse a Mãe Sol às primeiras pessoas da Terra. E, quando ela falou, suas palavras iluminaram o ar. – Olhem ao seu redor. Este é o lugar ao qual vocês pertencem. À sua volta está sua família: a terra, o vento e as águas; as plantas e os animais. Vocês todos fazem parte do mesmo espírito.

"Percorri todos os recantos da Terra, e agora ela está acordada. A Terra está viva. A Terra é sagrada.

"Cuidem da criação. Por seus antepassados, zelem pela Terra. Por seus filhos e pelos filhos de seus filhos, zelem pela Terra."

Com essas palavras, a Mãe Sol subiu para o céu e sorriu para o mundo recém-despertado.

A Terra se inundava de verde. Brilhava com as flores. Dançava com o movimento. Peixes de todos os tamanhos e formas nadavam nos oceanos profundos e nos rios cristalinos. Criaturas de todas as cores e espécies andavam e rastejavam, se penduravam e balançavam, serpeavam, adejavam e saltitavam em árvores, montanhas e pântanos. Todos os tipos de vozes de pássaros enchiam o ar com sua música.

E as pessoas se empenhavam para cuidar da criação.

Era um belo mundo. E ainda é.

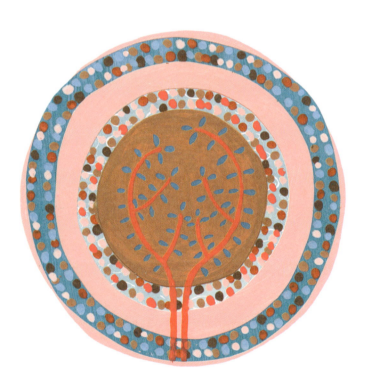

Faça uma pintura inspirada nos aborígines australianos

Você acabou de ler uma história baseada num conto dos aborígines da Austrália. Agora tente pintar um quadro em estilo aborígine representando um lugar que seja especial para você.

Você vai precisar de:
- tintas (os pigmentos tradicionais dos aborígines provêm da terra: o amarelo da areia e o castanho-avermelhado do ocre, o branco da argila e o preto do carvão. Use essas cores ou escolha cores que reflitam o lugar ao qual você pertence)
- alguma coisa que sirva para estampar manchas: um chumaço de algodão, um lápis ou o dedo!
- pincéis
- papel de desenho, papel pardo ou tela

Primeiro passo: Escolha um lugar que tenha um significado especial para você, por onde você tenha feito um passeio ou uma caminhada. Pode ser, por exemplo, um bosque ou um parque.

Segundo passo: Faça um quadro que seja como um mapa, isto é, mostre o lugar que você escolheu como se fosse visto de cima. Tome como exemplo as legendas abaixo e invente seu próprio código.

pontos = árvores
círculos concêntricos = clareiras
linhas curvas = rios
círculos = rochas
grupos de pontos = fumaça ou chuva

Terceiro passo: Os quadros aborígines relatam as andanças de pessoas e animais, mostrando as marcas que eles deixaram no solo. A viagem de uma pessoa poderia ser representada por uma linha reta ou por pegadas. Uma linha ondulante poderia ser uma cobra, um rastro de marcas de patas poderia representar um cachorro andando.

Inclua no seu quadro o trajeto de animais e de pessoas.

Quarto passo: Para fazer o fundo, molhe o dedo na tinta e aplique a cor no papel. Preencha toda a superfície do seu quadro com pontos, linhas e desenhos.

Nigéria

Este conto popular vem do povo *edo*, da Nigéria. No século XIII, o povo *edo* fundou o reino do Benin, nas profundezas da floresta tropical da África ocidental.

Esse reino era muito conhecido por suas artes. Artistas e artesãos faziam esculturas de cerâmica, estátuas de bronze e máscaras de madeira.

Músicos e contadores de histórias divertiam e encantavam. À noite, as pessoas se reuniam para escutar os contadores de histórias.

Esta história fala de tempos passados em que os humanos viviam mais perto da natureza e em harmonia com ela. Ela mostra que nossos atos têm o poder de criar ou destruir esse equilíbrio. Embora seja de muitos séculos atrás, esta história se mantém atual e nos lembra de que devemos consumir menos e preservar mais.

Como Gandhi disse, "A Terra pode atender à necessidade de todos os homens, mas não à voracidade de todos os homens."

Sem querer, muitas vezes pegamos mais do que precisamos. Acabamos jogando no lixo cerca de um quarto dos alimentos que compramos.

A produção, o transporte e o armazenamento consomem grande quantidade de energia, água e embalagens, que são totalmente desperdiçadas quando o alimento é jogado fora sem ser consumido.

Atualmente, a maior parte do nosso lixo comestível é mandado para aterros sanitários, onde libera gases responsáveis pelo efeito estufa, provocando alterações climáticas.

A comida que desperdiçamos poderia alimentar 80 milhões de pessoas por dia.

Por que o céu é tão longe
NIGÉRIA

Vamos parar de falar para ouvir uma história. No princípio, o céu ficava perto da Terra, tão perto que bastava estender a mão para tocá-lo. E também se podia comê-lo! Naquela época, as pessoas sempre tinham o suficiente para comer, sem precisar trabalhar para isso. Homens e mulheres não tinham de arar os campos, fazer a semeadura e a colheita. As crianças não tinham de buscar gravetos para fazer fogo. Sempre que alguém sentia fome, bastava esticar a mão e arrancar um pedaço do céu.

Mas as pessoas começaram a descuidar das dádivas do céu e passaram a pegar mais do que precisavam. Afinal de contas, o céu era muito grande, e elas achavam que sempre haveria o suficiente para todos. Quem se importaria com um pouco de céu desperdiçado?

Mas o céu se importava. Logo, a tristeza do céu se tornou ressentimento. E o ressentimento cresceu, transformando-se em raiva. "Eu me ofereço todos os dias a essas pessoas", o céu ruminava, "e as pessoas comem um pedaço de mim e jogam o resto fora, como se fosse lixo."

— Pessoas da Terra! — o céu chamou, com os olhos lampejando como relâmpagos. Nuvens borbulhavam e fervilhavam. — Vocês não me trataram com respeito. Vocês desperdiçaram minhas dádivas.

Tremendo, as pessoas olharam para o alto.

— Estou avisando. Se continuarem com esse esbanjamento, vou acabar indo embora para bem longe.

As pessoas ouviram, cabisbaixas. De joelhos no chão, prometeram ter mais cuidado.

Depois disso, deixaram de pegar mais do que podiam comer e sempre se lembravam de agradecer ao céu.

Mas então chegou a época da maior festa do ano, em homenagem ao chefe do reino. Muita música ecoava pela noite. Sinos tocavam e tambores retumbavam. As pessoas sapateavam, batiam palmas e riam.

O vinho de palma corria. As mesas mal aguentavam o peso dos pratos de céu preparado de modo especial. Céu cortado em formas diferentes, céu moldado e esculpido, céu de todos os sabores, de fruta-do-conde até abajeru. Havia mais do que o suficiente para todos, e o céu estava confiante em que as pessoas não tirariam dele mais do que o necessário.

Mas havia uma mulher que nunca estava satisfeita. Seu nome era Osato. Ela sempre queria mais do que já tinha. Seus braços eram cobertos de pulseiras de bronze. Mas o bronze não lhe

bastava, ela queria contas de coral. Suas roupas eram do mais fino algodão. Mas ela queria seda vermelha. E, principalmente, adorava comer.

Para começar, Osato pegou um punhado de céu amarelo do meio-dia. Hummm, abacaxi doce e melado. Foi enfiando na boca um pedaço atrás do outro. Depois, ela pegou uma concha de ensopado de céu, quente e picante. Ai, que delícia! Ela levou o prato à boca e o sorveu inteiro. Na mesma hora sentiu o estômago estufado e a garganta em fogo. Osato afrouxou as roupas. E agora? Delicadas fatias do céu da manhã, róseas e reluzentes. Com um movimento rápido, ela as pegou e as devorou de uma só vez. Ah! Melancia. O suco lhe escorria pelo queixo.

Quando as mesas se esvaziaram, Osato foi cambaleando para casa, empanturrada.

Suas roupas lhe apertavam a barriga cheia. Mas, apesar de estar a ponto de explodir, ela continuava olhando para o alto. Qual seria o sabor do céu naquele instante? Tempestades cítricas? As papilas gustativas de Osato comichavam. Mangas suculentas? Sua boca enchia-se de água. Pores do sol de mel? Ela lambia os beiços.

Seus dedos já começaram a puxar a colher que ela guardava enfiada no turbante para alguma eventualidade. Osato se conteve bem a tempo. Ela sabia que o céu se oferecia porque ninguém jamais pegava mais do que o necessário. E ela sabia que não precisava de mais nada. Mas, ai, como queria mais um pouco! Só mais uma colherada.

24

Ela olhava para cima, babando. O céu estava muito branco, coberto de nuvens espumantes.

– O céu é tão enorme – disse Osato para si mesma. – Decerto não vai lhe fazer mal eu pegar só mais um pouquinho.

Ela acabou sacando a colher e a enfiou no céu. Saboreou um bocado. E mais outro. O gosto era de mamão dourado e leite de coco. O céu se dissolvia na língua de Osato. Ela fechou os olhos. Ah, que sabor! Sentia-se flutuando nas nuvens. Então ela largou a colher e começou a pegar pedaços de céu com as mãos, lambendo as pontas dos dedos.

Por fim, já sem pensar, Osato arrancou um naco enorme, suficiente para alimentar uma família por várias semanas.

Foi lambendo pelas beiradas, já mastigando mais devagar. Levantou os olhos e se espantou ao ver um buraco enorme. Baixou os olhos e se espantou com o pedaço enorme de céu em suas mãos. Então percebeu que tinha tirado mais do que jamais conseguiria comer. E ouviu trovões acima da sua cabeça.

– O que eu fiz? Não posso desperdiçar esse céu. O que vou fazer? – disse Osato, aflita. Então ela berrou: – Marido! venha comer este céu! Mas o marido também tinha se banqueteado e estava escarrapachado na cadeira, abanando-se com um leque.

– Não consigo nem me mexer, muito menos comer! – mas, mesmo assim, ele ainda comeu alguns bocados.

– Crianças! – guinchou Osato. Seus filhos chegaram tagarelando e rindo. Cutucaram o naco enorme de céu pegajoso e contorceram o rosto. Mesmo assim, não deixaram de lamber os dedos.

— Vizinhos, por favor! — gritou Osato. — Venham me ajudar a dar cabo deste monte de céu.

Seus vizinhos tinham estado na festa, e, ao ver mais comida ainda, levaram as mãos ao estômago, gemendo. Mesmo assim, comeram o que aguentaram, olhando para o alto, preocupados e ansiosos.

No entanto, mesmo com a ajuda da aldeia inteira, foi impossível acabar com aquela última porção de céu. Osato tinha tirado um pedaço grande demais.

— Ora, e daí? É só um pequeno desperdício — Osato acabou dizendo para si mesma. Mas a sensação que tinha na boca do estômago lhe dizia o contrário.

Ninguém dormiu bem naquela noite. Deitada, Osato fitava a escuridão.

Na manhã seguinte, o céu não ofereceu alimento para o povo. Os pais não tinham nada para dar de café da manhã aos filhos, que choravam, famintos. Osato se ajoelhou no chão, balançando e soluçando.

– Perdão!

Mas o céu apenas suspirou. Com uma lufada de ar, ele subiu até a altura das copas das árvores.

– Perdão! – chorou Osato.

Até a altura dos picos das montanhas.

– Perdão!

O céu subiu muito acima da Terra, para muito além do alcance dos seres humanos.

– Eu lhe dei tudo de que você precisava – sua voz desceu flutuando até Osato –, e ainda assim você quis mais. Não consigo suportar tanta cobiça. Preciso ir embora, para nunca mais voltar.

– Mas como vamos viver? – perguntou Osato, chorando. – O que vamos comer?

Veio o silêncio.

As lágrimas de Osato caíram na Terra. E a Terra falou:

– Enxugue suas lágrimas. Posso alimentar vocês, mas terão de trabalhar para ganhar seu sustento. Precisarão aprender a arar os campos, a semear e a colher. E lembrem-se do que aprenderam hoje. Peguem somente o necessário. E isso eu lhes darei de bom grado.

– Ah, claro – prometeu Osato, entre lágrimas. – Nunca mais pegarei mais do que o necessário. Nunca, *nunca* mais.

Osato cumpriu sua palavra. Respeitou o céu e a terra, transmitindo sua história a todos. E agora eu a transmiti a vocês.

Faça sopa com sobras

Para fazer esta sopa, use o que sobrou do almoço ou do jantar.

Você vai precisar de:
- meio quilo de legumes (cenouras, batatas-doces, aipo, brócolis, couve-flor, abobrinhas, couves-de-bruxelas, cebolas... o que encontrar na geladeira)
- 1 litro de caldo (de legumes, de galinha ou de carne)
- 1 lata de 200 g de tomates em pedaços
- meia colher de chá de manjericão picado
- sal e pimenta a gosto
- queijo parmesão ralado e pão ou torradas

Primeiro passo: Pique as sobras de legumes e coloque-as numa panela grande.

Segundo passo: Acrescente o caldo e os tomates picados.

30

Terceiro passo: Se precisar de mais líquido, basta acrescentar mais caldo. Para tornar a sopa mais nutritiva, acrescente feijão cozido ou macarrão cozido.

Quarto passo: Tempere a gosto, usando o manjericão, o sal e a pimenta.

Quinto passo: Deixe cozinhar em fogo brando, com a panela tampada.

Sexto passo: Sirva sua sopa de sobras com queijo parmesão, pão ou torradas, e também com um sorriso, por saber que nada foi desperdiçado.

Sudoeste dos Estados Unidos

Grupos de diversos povos indígenas vivem na América do Norte. Tradicionalmente, eles têm em comum uma compreensão semelhante da relação dos seres humanos com a Terra.

As palavras ditas em 1854 pelo chefe Seathl, líder de uma tribo da costa oeste, revelam a visão que ele tinha do meio ambiente.

"Cada agulha brilhante de pinheiro, cada clareira, cada praia de areia, cada nevoeiro nos bosques escuros e cada inseto que zumbe são sagrados para a memória e a experiência do meu povo.

"Ensinem a seus filhos o que ensinamos aos nossos: a Terra é nossa mãe. Os rios são nossos irmãos; eles saciam nossa sede e nos alimentam. Para o pele-vermelha, o ar é precioso porque é compartilhado por todos. Os animais, as árvores, os seres humanos, todos respiram o mesmo ar.

"Isso nós sabemos. A Terra não pertence ao homem, é o homem que pertence à Terra. O homem não teceu a teia da vida. Ele é apenas um de seus fios. Tudo o que fizer a essa teia o homem estará fazendo a si mesmo."

A história de "Ela que Está Só" vem das planícies meridionais da América do Norte, terra dos comanches. Ela mostra a importância de dar à Terra em vez de só retirar dela.

As belas flores azuis que aparecem nesta história ainda crescem nas colinas das planícies meridionais. O povo comanche as chama de "trevo de búfalo". Quando os europeus chegaram à região, deram à terra o nome de Texas e à planta o nome de *bluebonnet*, que significa "touca azul". Nós a conhecemos como tremoço-de-
-flor-azul.

Ela que Está Só

SUDOESTE DOS ESTADOS UNIDOS

A menina não tinha pai nem mãe. Sua família inteira tinha sido levada pela fome. O povo da aldeia comanche cuidou dela e lhe deu um nome: Ela que Está Só.

Desde o tempo da fome, sua única amiga era uma bonequinha de couro de antílope. Seu pai tinha reservado o couro mais macio para fazer o corpo da boneca. A mãe tinha pintado os olhos e a boca da boneca usando o suco de frutinhas vermelhas. Com mãos hábeis, tinha bordado de contas as pequenas calças. Com seu próprio cabelo, tinha feito para a boneca tranças negras e compridas, amarradas com tiras de pano colorido e enfeitadas com uma pena brilhante, azul como asa de borboleta.

Ela que Está Só amava sua boneca.

A cada nova lua da primavera, o povo comanche dançava, cantava e rezava para o Grande Espírito, pedindo chuvas vivificantes. À sombra das tendas, Ela que Está Só aninhava a boneca nos braços e observava os dançarinos que batiam os pés no chão ao som do tambor.

Aquele ano, porém, as chuvas não vieram. As plantas murchavam. Os rios secavam. A terra rachava. Os caçadores voltavam sem búfalos. Muita gente morria.

Então, durante três dias as pessoas dançaram, batucaram e cantaram:

– Ó Grande Espírito, nossas terras estão morrendo. Nosso povo está morrendo. Diga-nos o que fizemos de errado. Diga-nos o que devemos fazer para trazer a chuva de volta.

Durante três dias o povo fez vigília. Durante três dias o povo esperou. O inverno tinha terminado mas a chuva não chegava.

– Esta noite, o mais sábio dos Anciãos irá ao cume da colina mais alta – disse Ela que Está Só à sua boneca. – Ele vai ouvir a voz do Grande Espírito. E então saberemos o que fazer para que as chuvas voltem.

Na manhã seguinte, o arauto percorreu o círculo de tendas, anunciando:
– O Ancião está voltando.

As pessoas se reuniram numa roda enorme. O Ancião da tribo acendeu o cachimbo sagrado e tragou a fumaça. Então soprou uma oração, uma oferenda ao Grande Espírito. O Ancião ofereceu o cachimbo aos Quatro Ventos, ao Oeste, ao Norte, ao Leste e ao Sul. Ele ofereceu o cachimbo à Mãe Terra e ao Pai Céu. E então falou:

– O Grande Espírito me mandou uma visão – disse ele. – Nosso povo tem sido descuidado. Sempre tiramos proveito da Mãe Terra, mas não damos nada em troca. Esta seca é um aviso.

As pessoas ouviam.

— Devemos fazer uma oferenda ao Grande Espírito. Devemos queimar nosso bem mais precioso e espalhar as cinzas aos Quatro Ventos. Só com isso as chuvas retornarão.

E assim foi armada uma enorme fogueira.

— O que vocês estão dispostos a dar para curar sua terra e salvar seu povo? – perguntou o Ancião. Todos se entreolharam, cada um esperando que o outro falasse. Mas ninguém abriu a boca. As pessoas foram baixando os olhos. Um guerreiro, inquieto, apoiava-se ora num pé, ora no outro. Uma mulher remexia os dedos dos pés dentro dos seus sapatos bordados de contas. Um velho alisava com as mãos a beirada do seu manto.

Por fim, o silêncio frágil foi rompido.

— Decerto não é meu arco que o Grande Espírito deseja – disse o guerreiro. – Preciso caçar para trazer alimento para nós.

O velho aconchegou o manto aos ombros. – Sem isto vou acabar morrendo congelado – ele disse.

— Meus sapatos, não – implorou a mulher. – Eles são bonitos demais para serem queimados.

O sol se pôs, e nenhuma oferenda havia surgido. As pessoas foram se afastando em busca do conforto de seus abrigos. As portas das tendas se fecha-

ram. Ela que Está Só, deitada em sua tenda, ouvia o pio do bacurau e o uivo distante do coiote. O que ela, uma menina, poderia fazer pelo Grande Espírito? O que poderia dar?

Sentia o peso tão familiar da boneca na mão, seu calor junto do rosto. Então olhou para a boneca.

– Você – ela disse baixinho. – Você é meu bem mais precioso.

Então a menina se deu conta do que deveria fazer. Ela que Está Só deslizou de mansinho para fora das cobertas de pele e saiu para a noite solene. Sempre segurando a boneca, aproximou-se da enorme fogueira. Um único graveto estava em brasa. Com cuidado, ela o puxou. Ergueu-o para que iluminasse seu caminho e, agarrada à boneca preciosa, escalou a rocha sagrada.

Andou muito, deixando sua casa e suas planícies muito para trás. Um milhão de estrelas indicavam-lhe o caminho.

No alto de uma colina, ela juntou gravetos e avivou uma chama. De joelhos, soprou para alimentar o fogo e ficou olhando os gravetos queimarem e soltarem faíscas.

– Ó Grande Espírito – começou Ela que Está Só. Sua voz parecia minúscula diante da vastidão da noite. – Por favor, dê-me coragem. Tudo o que tenho neste mundo é minha boneca. Ela é a coisa mais preciosa que posso dar.

Sozinha no alto da colina, onde o céu e a terra se tocavam, a menina sentou-se e, com o coração sereno, ficou à escuta.

Escutou a poesia da lua.

Escutou as histórias das pedras.

Observou a dança das estrelas.

Ali, sozinha no topo do mundo, sentiu que todos os seres estão ligados, formando uma única família. E não se sentiu só.

A menininha não largava a boneca. Enterrou o rosto na sua maciez. Sentiu o perfume de sua mãe.

Pensou no seu povo, que tinha cuidado dela e agora estava sofrendo tanto. Ela que Está Só olhou para cima, com os olhos cheios de lágrimas e de estrelas.

– Ó Grande Espírito – ela implorou –, por favor, aceite minha oferenda e nos mande chuva de novo.

Sua garganta doía. Ela não conseguia falar para se despedir. Estendeu os braços e depositou a boneca nas chamas.

Ela que Está Só ficou olhando para o fogo, que aceitava sua oferenda. Viu a fumaça subir em espiral e perder-se nas alturas. Abraçada aos joelhos, a menina viu sua boneca transformar-se numa pequena brasa ardente.

Então ela pegou um punhado de cinza branca e fria e o espalhou aos Quatro Ventos. Finalmente, adormeceu exausta.

A primeira luz a despertou. Esfregando os olhos para afastar o sono, ela olhou para baixo da colina. Um mar de flores estendia-se por todos os lados. Eram flores azuis e brilhantes como borboletas.

A aldeia inteira subiu a colina e se reuniu a Ela que Está Só para apreciar o milagre.

O ar vibrava. Ela que Está Só saboreava aquele momento. Trovão. *Pingue.* Uma gota de chuva. *Pingue.* Mais uma. *Pingue, pingue.* O céu se abriu e deixou cair as águas vivificantes.

Ela que Está Só voltou o rosto para o céu. A chuva mansa lavou suas lágrimas.

E assim voltaram as chuvas, bênção tranquila, e a terra começou a se recuperar.

Realizou-se uma grande cerimônia, e Ela que Está Só recebeu um novo nome. Foi o Ancião da tribo que o anunciou. Anunciou-o para o Leste, para o Sul, para o Oeste e para o Norte. Anunciou o nome dela para o céu e para a terra, para as plantas e para os animais. Anunciou que ela passaria a se chamar Ela que Amou Seu Povo.

A partir daquele dia, sempre que surge a lua de primavera o Grande Espírito se lembra da oferenda da menininha e enche de flores as colinas e os vales da região. São flores azuis e brilhantes, como borboletas.

Faça uma boneca de palha de milho

Os povos indígenas fazem bonecas com vários materiais. As bonecas dos comanches costumam ser feitas de pele de antílope. Há povos indígenas do nordeste dos Estados Unidos que fazem bonecas de palha de milho. Faça uma você também.

Você vai precisar de:
- palha de milho (pode ser a casca verde da espiga de milho cozido. Se usar a palha seca, antes deixe-a de molho em água para amaciar)
- barbante
- tesoura

Primeiro passo: Para fazer a cabeça e o corpo, dobre uma palha de milho ao meio e amarre-a com barbante uns 2,5 cm abaixo da dobra.

Segundo passo: Para fazer os braços, enrole de comprido outra palha de milho, formando um tubo. São os braços da sua boneca. Amarre esse tubo com um barbante a 1 cm de cada ponta, para formar as mãos e o pulso.

Terceiro passo: Para prender os braços, passe o segundo tubo pelo meio do corpo, um pouco acima do centro, conforme mostra a figura. Amarre firme um pedaço de barbante abaixo dos braços para segurá-los no lugar e formar uma cintura. Está pronta uma boneca de saia.

Quarto passo: Se quiser fazer uma boneca de calça, ou um boneco, faça as pernas dividindo a saia em duas partes, quase na altura da cintura. Depois, amarre cada perna a uns 2,5 cm da ponta de baixo.

Bali

Esta é uma história tradicional de Bali, uma ilha na Indonésia. Cercada de recifes, com uma paisagem de praias de areia branca, selvas úmidas, esplêndidos arrozais plantados em terraços e picos vulcânicos, Bali é famosa por sua beleza tropical. A história reflete a compreensão de que tudo na natureza está interligado.

Hoje, mergulhados na vida do dia a dia, muitas vezes podemos ter a impressão de que estamos desligados do resto do mundo. Não vemos onde são cultivados nossos alimentos, como são feitas nossas roupas e para onde vai nosso lixo. Esta história nos ensina que nossas vidas fazem parte de uma grande rede, embora vejamos apenas uma parte dela. Por isso, as ações de cada um de nós afetam toda essa grande rede da vida.

A Lagartixa irritada

BALI

Rrronromm… Numa clareira sombreada, dormia o chefe da selva. Até que GECO! GECO! GECO!

O Tigre acordou, bufando, e abriu um olho redondo e amarelo.

– Lagartixa! – ele rosnou. – O que você quer? Ainda é noite alta!

– Vim me queixar…

O Tigre apertou os olhos. Que motivo a Lagartixa Geco poderia ter para se queixar? Ela passava a maior parte do tempo lagartixando, só dormindo e comendo. Quando sentia fome, bastava esticar a língua pegajosa e devorar um mosquito.

– Qual é o problema? – perguntou o Tigre.

– São os vaga-lumes! – disse a Lagartixa. – Eles passam a noite toda voando e lançando suas luzes nos meus olhos. Desse jeito eu não consigo dormir. Hora após hora, noite após noite, esses vaga-lumes sempre piscando e lampejando… faz dias que não durmo – e a Lagartixa desenrolou a língua comprida e deu uma lambida no olho. – Tudo isso está me deixando muito irritada.

– É, Lagartixa – disse o Tigre, com um bocejo. – Posso imaginar.

– Bem – disse a Lagartixa –, você é o chefe da selva. Fale com eles, mande-os parar com isso.

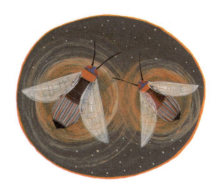

O Tigre deu mais um bocejo, meio contido.

– Vou conversar com os vaga-lumes – ele prometeu.

A Lagartixa foi embora, toda apressadinha, resmungando consigo mesma.

– A noite inteira piscando e lampejando...

O Tigre suspirou e saiu à procura dos vaga-lumes. Caminhando pelos arrozais inundados, suas patas enormes faziam ondular na água os reflexos prateados das estrelas. A noite vibrava com o coaxar dos sapos e o trinado de um milhão de insetos.

Sobrevoando os arrozais, os vaga-lumes piscavam e lampejavam.

– Vaga-lumes – gritou o Tigre –, a Lagartixa disse que vocês andam perturbando o sono dela, piscando e lampejando a noite toda. É verdade?

– Uuuuuui! É o Tigre! – disseram os vaga-lumes, rindo, piscando e esvoaçando agitados. – O chefe da selva em pessoa.

O Tigre deu uma tossida. – Vaga-lumes, por favor. Só quero saber por que vocês andam perturbando a Lagartixa.

— É verdade que piscamos e lampejamos a noite toda — responderam os vaga-lumes. — Mas não queremos perturbar ninguém! Só estamos retransmitindo a mensagem do Pica-pau. Nós o ouvimos tamborilar um aviso.

— Entendi — disse o Tigre. — Então vou falar com o Pica-pau.

No limiar dos arrozais, o Tigre encontrou o Pica-pau tamborilando num coqueiro. *Ra-ta-tá, ra-ta-tá, ra-ta-tá.*

— Pica-pau! — disse o Tigre, encolhendo-se e fechando os olhos por causa do barulho. — Pica-pau, por favor, explique essas batidas incessantes!

— O quê? — o Pica-pau parou de martelar por um instante, e o Tigre abriu os olhos.

— Os vaga-lumes dizem que você não para de tamborilar, transmitindo um aviso. É verdade?

— É verdade, sim — respondeu o Pica-pau, envaidecido. — Estou prestando um serviço importante. Está claro que meus esforços não são reconhecidos — e ele olhou do alto do seu bico para o Tigre. — O Besouro rola esterco bem em cima do caminho. Eu aviso os animais da selva para que ninguém pise no esterco. Sem minhas marteladas, quem sabe a sujeira em que todos nós estaríamos?

— Ah — disse o Tigre. — Isso é muito útil, mesmo. Obrigado — e o Tigre lambeu o focinho, pensativo. — Vou falar com o Besouro.

Foi fácil encontrar o Besouro na trilha na selva. Ao luar, suas costas brilhavam como metal polido.

48

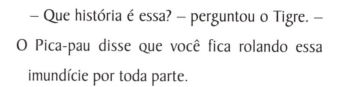

— Que história é essa? — perguntou o Tigre. — O Pica-pau disse que você fica rolando essa imundície por toda parte.

— É mesmo, não posso parar — respondeu o Besouro, rolando uma bola de bosta até bem perto da pata do Tigre. — O Búfalo de água larga pilhas de esterco na trilha toda. Se eu não afastar um pouco, vai ser uma sujeira só. Com licença… — o Tigre levantou a pata e o Besouro passou apressado.

— Está bem — disse o Tigre, reprimindo um suspiro. — Obrigado, Besouro. Vou falar com o Búfalo.

O Tigre encontrou o Búfalo dormindo numa poça de lama.

— Búfalo — rugiu o Tigre.

Espirrando e piscando, o Búfalo se arrastou para fora do lamaçal.

— Pois não? — disse ele, engolindo em seco.

— O Besouro disse que você anda deixando seu esterco por todo o caminho. É verdade?

— É verdade, sim — disse o Búfalo, abaixando a cabeça. — Deixo esterco por todo o caminho, mesmo. Mas, veja o senhor, isso tem utilidade. Todas as tardes a chuva faz buracos no caminho. Eu largo esterco somente para encher os buracos e ninguém

tropeçar nem cair. Se eu não fizesse isso, senhor, alguém poderia se machucar.

– Entendi – disse o Tigre. – Bem, é muita consideração da sua parte, Búfalo.

O Tigre agitou o rabo. Estava começando a perder a paciência. Ele suspirou e disse:

– Vou ouvir o que a Chuva tem a dizer.

O Tigre rumou para o monte Agung, o mais alto da ilha, onde a Chuva morava.

O Tigre subiu, subiu e continuou a subir.

Passou pela selva úmida, repleta de trepadeiras e enfeitada de flores.

Passou por bosques abertos onde correntes de ar fresco fizeram tremer seus bigodes.

Passou por lugares de vegetação rala e tropeçou em pedras soltas.

Por fim, suas garras estalaram sobre a pedra lisa do topo da montanha. Ele parou para tomar fôlego. E lá do alto ele olhou.

O sol estava nascendo. O Tigre ficou olhando.

A selva se espalhava por um raio de muitos quilômetros, exuberante e cheia de flores: orquídeas, lírios silvestres, trombetas azul-arroxeadas e explosões brilhantes de vermelho-fogo.

O Tigre respirou. Sentiu o cheiro do jasmim, da ilanga, da pluméria.

Ele aguçou os ouvidos. Ouviu riachos recém-nascidos escorrendo com seu som cristalino.

E abaixo da selva, nos degraus verde-dourados dos arrozais, ele mal conseguia discernir o leve piscar e lampejar dos vaga-lumes.

– Não é preciso perguntar por que a Chuva chove – disse o Tigre, com um sorriso.

Ele refrescou as patas num riacho e ainda se demorou um pouco, observando. Viu a água viajar da montanha para o mar, sustentando todos os seres vivos pelo caminho, até mesmo o menor dos mosquitos.

Mergulhando o focinho na água fresca e limpa, o Tigre bebeu.

Depois começou sua longa viagem de volta, descendo a montanha, atravessando florestas, selvas e arrozais.

Já estava escurecendo quando o Tigre encontrou a Lagartixa de novo.

– E então? – ela perguntou. – Conversou com os vaga-lumes? Eles continuam piscando e lampejando, piscando e lampejando sem parar. Você ordenou que parassem?

– Lagartixa – o Tigre se sentou e foi falando devagar. – Ouça com atenção. Os vaga-lumes piscam para transmitir o aviso do Pica-pau. O Pica-pau avisa todo o mundo para não pisar na bosta do Besouro. O Besouro limpa o excesso de sujeira deixada pelo Búfalo. O Búfalo larga esterco no caminho para encher os buracos feitos pela Chuva. A Chuva faz buracos no caminho e vai criando riachos, lagos e poças… poças onde moram mosquitos.

– Ah – disse a Lagartixa.

– Lagartixa, o que você come?

– Mosquitos – respondeu a Lagartixa.

– Quer dizer... – disse o Tigre.

– Quer dizer... – repetiu a Lagartixa, devagar.

– Pois é...

– Se a Chuva parasse de chover...

– Pois é...

– O Búfalo poderia parar de encher os buracos...

– Hã-hã...

– E o Besouro poderia parar de rolar bosta...

– Pois é...

– E o Pica-pau poderia parar de tamborilar...

– Isso mesmo...

– E os vaga-lumes poderiam parar de piscar...

– É, Lagartixa...

– Mas... eu não teria nada para comer.

– Exatamente – disse o Tigre. – Lagartixa, tudo neste mundo está interligado. Vá e viva em paz com os vaga-lumes.

A Lagartixa se acomodou debaixo de um galho de árvore, de cabeça para baixo. Ela fechou os olhos e adormeceu.

Os vaga-lumes continuaram piscando e lampejando.

E o Tigre voltou a roncar. RRRRONROMM...

Cultive seus tomates

Plante sementes na primavera para colher tomates cultivados em casa durante o verão inteiro.

Você vai precisar de:
- sementes de tomate
- uma bandeja de semeadura (uma caixa velha de ovos também serve)
- composto orgânico para vasos
- uma colher de jardineiro
- um regador
- estacas
- barbante

Primeiro passo: No início da primavera, encha sua bandeja de semeadura com composto para vasos. Salpique algumas sementes de tomate em cada divisão. Cubra ligeiramente as sementes com composto e regue um pouco.

Segundo passo: Ponha a bandeja de semeadura num local aquecido e bem iluminado até que as sementes comecem a germinar (dentro de 7 a 10 dias). Mantenha o solo úmido, regando regularmente.

Terceiro passo: Quando as mudinhas aparecerem, elimine as mais fracas, deixando apenas uma plantinha em cada divisão. Mude a posição da bandeja de três em três dias para ajudar as plantas a crescer na vertical.

Quarto passo: No início do verão, transfira suas plantas para vasos grandes, deixados ao ar livre. Você vai precisar de um vaso com composto para cada planta. Regue bem a bandeja de semeadura e depois empurre para cima o fundo de cada uma de suas divisões. Tire com delicadeza a planta e o composto. Com uma colher de jardineiro, faça um buraco no composto do vaso, ponha a planta nele e encha em volta com mais composto.

Quinto passo: À medida que forem crescendo, suas plantas vão precisar de apoio. Ponha uma estaca comprida e forte fincada no solo ao lado da planta. Sem apertar, amarre o caule principal à estaca. Regue o solo com regularidade para mantê-lo úmido.

Sexto passo: Depois de formados três ou quatro cachos de tomates, arranque o broto principal da planta. Arrancar também os brotos laterais ajuda a dirigir a energia da planta apenas para o amadurecimento dos tomates.

Sétimo passo: Colha seus tomates quando estiverem bem vermelhos. Saboreie-os em saladas, molhos e sanduíches… ou então simplesmente coma-os assim que forem colhidos!

55

Cazaquistão

Há milhares de anos, tribos nômades percorriam as estepes, vastas campinas planas, da Ásia Central. Essas tribos viajavam centenas de quilômetros, migrando das altas pastagens de verão para baixadas menos frias no inverno, acompanhadas por seus cavalos, carneiros, bois, cabras e camelos. Moravam em iurtas, tendas portáteis de feltro, em formato de abóbada.

A palavra "cazaque" significa "homem livre" ou "homem aventureiro". Os nômades cazaques apreciavam a liberdade de perambular por sua enorme região de estepes e cordilheiras.

Abaixo das estepes, no sul do Cazaquistão, as rotas das caravanas serpeavam através de cidades prósperas.

Nos tempos da Rota da Seda, a antiga cidade de Almaty era um oásis para viajantes e mercadores. Hoje é um importante centro comercial e cultural. A cidade continua repleta de jardins e é famosa por suas macieiras. Botânicos acreditam que foi lá que se originaram as macieiras.

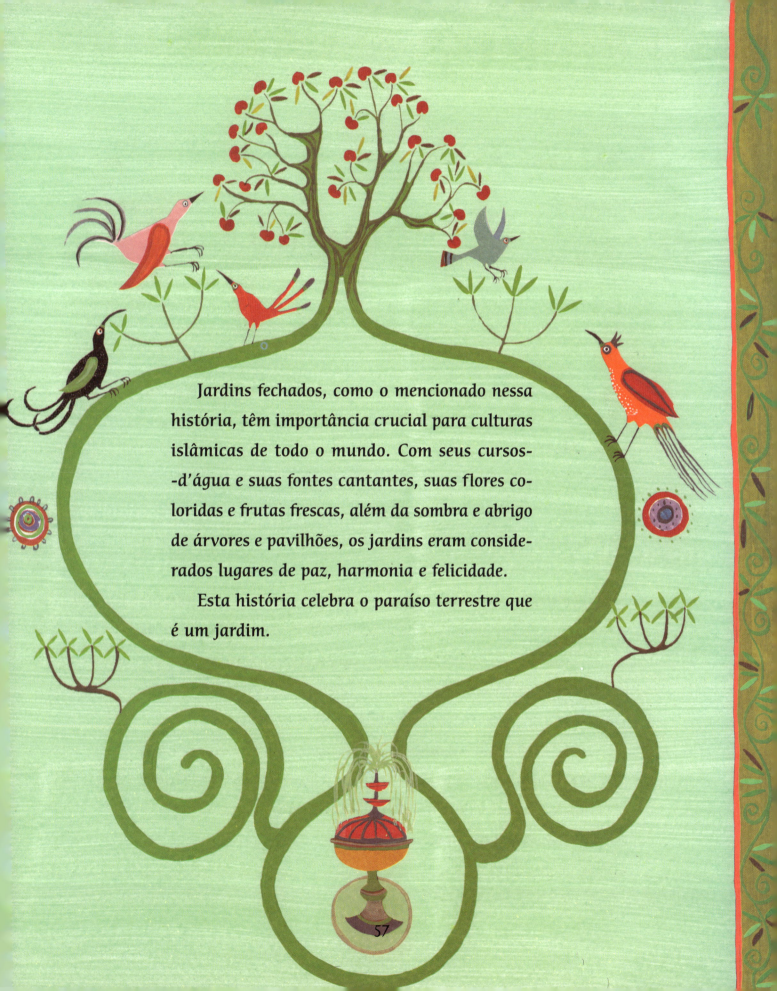

Jardins fechados, como o mencionado nessa história, têm importância crucial para culturas islâmicas de todo o mundo. Com seus cursos-d'água e suas fontes cantantes, suas flores coloridas e frutas frescas, além da sombra e abrigo de árvores e pavilhões, os jardins eram considerados lugares de paz, harmonia e felicidade.

Esta história celebra o paraíso terrestre que é um jardim.

O jardim mágico
CAZAQUISTÃO

Em outros tempos, no Cazaquistão havia dois vizinhos. Asan era lavrador. Hassan era pastor. Os dois eram amigos.

Houve um ano em que o inverno foi tão rigoroso e a terra ficou tão congelada que os carneiros de Hassan não conseguiam alcançar o capim por baixo do gelo, e todo o seu rebanho acabou morrendo. Piscando para reprimir as lágrimas, Hassan foi procurar o amigo.

– Perdi todo o meu rebanho – ele disse. – Não conseguirei sobreviver sem meus animais, por isso vou embora. Adeus, Asan.

Mas Asan não quis nem ouvir falar.

– Não vou permitir – ele protestou. – Você vai ficar com metade da minha terra e compartilhar minha fazenda comigo.

– Asan, você é bom e generoso, mas não posso aceitar – retrucou o pastor. – Seus campos já são pequenos, você não pode reduzi-los ainda mais.

– Bobagem – insistiu o lavrador. – Você é meu amigo, e quero que você fique. É verdade que teremos menos que antes, mas será o suficiente. Não aceito que recuse.

As lágrimas de Hassan transbordaram, ele estreitou o amigo nos braços e ficou junto dele.

Passaram-se dias e noites. Passaram-se meses e anos. Um dia, Hassan estava trabalhando no campo quando ouviu uma pancada! Sua enxada tinha atingido alguma coisa dura. Era um jarro velho. Com muito esforço, Hassan conseguiu soltá-lo da terra. Olhou dentro dele e ficou boquiaberto. Moedas de ouro!

– Asan, Asan – chamou o velho pastor. – Você está rico! Olhe!

O lavrador deu um sorriso carinhoso.

– Hassan, como você é altruísta! Mas esse ouro é seu, não meu. Afinal de contas, você o encontrou na sua terra.

– Você já me deu o bastante – disse Hassan, estendendo o jarro para o amigo. – Aqui está, pegue seu tesouro.

– Seu tesouro – corrigiu Asan. – Fique com ele.

Asan e Hassan começaram a discutir. Pela primeira vez na vida, não conseguiam chegar a um acordo. Por fim, decidiram levar o ouro até o sábio da aldeia e pedir ajuda para resolver o problema.

O sábio estava sentado dentro de sua iurta, com quatro discípulos. Fazendo uma profunda reverência, os visitantes explicaram o problema. O sábio escutou. Asan e Hassan esperaram. E continuaram esperando. O sábio permaneceu em silêncio por longo tempo.

Ele então se voltou, não para Asan nem para Hassan, mas para seu primeiro discípulo.

– Aqui temos uma situação interessante – disse ele. – Qual seria seu conselho?

O primeiro discípulo deu uma resposta imediata.

– A solução é óbvia. O ouro veio do solo. Nenhum desses dois homens quer aceitá-lo. Então só resta enterrar o ouro de novo.

O sábio franziu o cenho e se voltou para o segundo discípulo.

– E você, o que sugere?

– O ouro foi trazido ao sábio. Penso que o senhor deveria ficar com ele – respondeu o segundo discípulo.

O sábio levantou as sobrancelhas.

– Ora, ora – ele disse, e voltou-se para o terceiro discípulo. – E você o que diz?

– O ouro foi encontrado num campo. O campo está no reino. E o reino pertence ao Cã, o imperador. O Cã deve ficar com todo o tesouro.

A expressão do sábio se fechou.

– E você? – ele perguntou ao último e mais jovem discípulo.

O rapaz, Arman, sacudiu um pouco a cabeça, como se quisesse espantar um devaneio.

– Bem, eu tenho uma ideia... – disse ele, hesitante. – Se coubesse a mim decidir o que fazer, com o ouro eu compraria sementes. E então poderíamos plantar um jardim... – e, com os olhos brilhando, ele descreveu sua visão. Seria um belo jardim, onde as pessoas pudessem descansar e se divertir, onde aves e outros animais tivessem abrigo, onde flores desabrochassem, e que fosse propício para abelhas e borboletas.

O sábio ouviu de olhos fechados. Depois pousou a mão no braço do rapaz.

– Sua decisão é sábia – e ele se voltou para os dois homens. – Vocês concordam?

Asan e Hassan entreolharam-se e assentiram.

– Sim, sim, um jardim. Que se faça um jardim...

O sábio deu instruções ao discípulo.

– Vá à capital e com este ouro compre as melhores sementes que puder encontrar. Depois, nas estepes, plante o jardim dos seus sonhos.

O discípulo partiu, felicíssimo com sua sorte. Ao longo de muitos dias, Arman percorreu o caminho seco e empoeirado, até chegar à cidade real. Mas, ah! Quanta confusão! Que barulho! Quantas cores! Por todos os lados, mercadores gritavam, anunciando produtos estranhos e fantásticos. A algazarra de dezenas de línguas fazia zumbir a cabeça do rapaz. O cheiro forte de incenso fazia coçar seu nariz e arder seus olhos. Por fim, a muito custo ele conseguiu encontrar o vendedor de sementes. Enquanto examinava os grãos preciosos, uma gritaria deplorável o fez voltar-se. Vinha atravessando a praça uma caravana que trazia aves de todos os tipos. Eram milhares, todas vivas. Vinham com as patas amarradas e as asas cobertas de uma crosta de poeira. A cada movimento da caravana, a cabeça das aves batia nos flancos dos camelos.

Arman não pôde suportar aquilo. Sem pensar duas vezes, interpelou o chefe da caravana.

– O que está fazendo com essas aves? – perguntou.

– Essas aves são para a mesa do Cã – respondeu o condutor de camelos. – Ele vai se banquetear com sua carne e decorar o palácio com suas plumas. Trago aves apanhadas nos desertos, nas estepes e nas montanhas, aves capturadas com armadilhas nos bosques, charcos e lagos. Trago as aves mais raras do reino. Algumas são as últimas da sua espécie!

Arman não se conformava com o tom de orgulho com que o homem dizia aquilo tudo.

– Eu lhe darei ouro – disse Arman –, se você soltar essas aves.

O homem riu e foi se afastando com os camelos.

— Não, espere! — Arman abriu a bolsa, mostrando o tesouro. O condutor de camelos arregalou os olhos. Aquilo era mais do que o próprio Cã pagaria. Antes que o rapaz mudasse de ideia, o homem agarrou a bolsa de dinheiro e foi embora.

Arman começou a desamarrar as aves. As mais fortes estenderam as asas e levantaram voo, sumindo no céu. Mas algumas estavam fracas demais para voar. Arman colocou-as no chão com muito cuidado. Quando todas as aves estavam soltas, ele apanhou do chão um estorninho machucado e o aqueceu entre as mãos. Depois, delicadamente, afagou com o dedo a cabeça do passarinho, pousado tranquilo na palma de sua mão. Depois de olhar à sua volta, o estorninho levantou voo. Arman levou o dia inteiro para tratar de todos os pássaros, até que cada um deles tivesse condições de tomar seu rumo. Com o coração um pouco mais leve, ele finalmente se levantou, sacudiu a poeira dos joelhos e se virou para voltar para casa. Sentia-se aquecido, radiante, com os pés ágeis. No entanto, à medida que se aproximava de casa, seus pés pareciam cada vez mais pesados. "Arman, seu maluco", ele dizia a si mesmo, "aquele ouro era para comprar sementes." O que ele diria a seu mestre? E aos vizinhos de tão bom coração que lhe tinham confiado o dinheiro? Ele acabara perdendo tudo.

— E agora não haverá jardim nenhum — ele disse em voz alta.

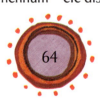

E, então, jogou-se no chão e começou a chorar.

Ali perto, um estorninho ouviu tudo. Então inclinou a cabeça e levantou voo.

Que barulho era aquele? Arman levantou os olhos e viu que o ar estava tomado pelo farfalhar de asas velozes e pelo brilho de penas coloridas. E pássaros e mais pássaros vieram, um a um, planando até ele.

— Você nos salvou a vida — cantavam as aves. — Agora, deixe-nos ajudá-lo.

O rapaz olhou à sua volta, espantado. Toda a vastidão da estepe estava coberta de aves, que arranhavam a terra e ciscavam o chão, preparando o solo para o plantio. Falcões vinham de terras distantes e pousavam ali, com o bico cheio de sementes exóticas. Usando as asas, o bico e as garras, as aves plantavam as sementes. Com suas presas poderosas, águias cavavam tanques e pelicanos traziam água para enchê-los.

Arman ficou um tempão ali sentado, fascinado. Quando se levantou, as aves voaram para o céu, todas de uma vez. Então... que magia era aquela? As sementes começaram a germinar. E, num piscar de olhos, caules se transformavam em árvores e floresciam. E na mesma hora as flores caíam e em seu lugar surgiam maçãs redondas e brilhantes como moedas de ouro.

Em meio ao capim ondulavam papoulas e tulipas. Tapetes de pétalas cobriam os caminhos que se insinuavam entre lagoas serenas. Milhares de aves cantavam.

Arman olhava, surpreso. Seria um sonho? Para ter certeza, colheu uma maçã dourada e levou-a correndo até a iurta do sábio.

– Arman! – o sábio abriu os braços para acolher seu discípulo. Ofegante e com os olhos brilhando, Arman contou suas aventuras e mostrou-lhe o fruto dourado.

O sábio deu uma mordida na maçã e o suco doce da fruta encheu-lhe a boca. Então ele entendeu que o tesouro dourado tinha se transformado.

Radiante de felicidade, Arman conduziu o sábio, Asan e Hassan até o jardim.

Logo começou a chegar o povo das estepes. Asan e Hassan, vendo as pessoas passearem à sombra das árvores, entreolharam-se e sorriram.

Jovens e velhos descansavam e brincavam. A fruta recém-colhida e a água limpa nutriam o corpo. A sombra fresca e os gramados macios repousavam a mente. E o canto de mil pássaros fazia os espíritos subirem ao céu.

Esta é a história do jardim mágico que brotou da generosidade de dois velhos amigos e do sonho de um jovem.

Faça um comedouro de pássaros com uma pinha

Mantenha os pássaros do seu jardim felizes e saudáveis com este comedouro fácil de fazer.

Você vai precisar de:
- uma pinha grande, aberta
- barbante
- gordura animal
- aveia
- alpiste
- um prato raso

Primeiro passo: Com o barbante, faça uma alça e prenda-a com um nó apertado por baixo das escamas superiores da pinha.

Segundo passo: Misture a gordura e a aveia numa tigela.

Terceiro passo: Passe a mistura por toda a superfície da pinha e preencha também os espaços entre as escamas.

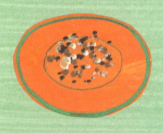

Quarto passo: Ponha um pouco de alpiste no prato raso.

Quinto passo: Role a pinha no alpiste, para que ele grude na mistura de aveia e gordura.

Sexto passo: Pendure o comedouro em algum lugar do jardim. Os pássaros vão se deliciar.

Índia

Este conto popular das tribos *bishnoi*, da Índia, baseia-se numa história verdadeira. Os fatos que ele narra ocorreram em 1730, na aldeia hoje conhecida como Khejarli. A aldeia recebeu esse nome em homenagem à árvore *khejari*, a árvore de Amrita.

Nas regiões áridas do Rajastão, as tribos *bishnoi* adotam uma fé baseada na reverência à natureza. A dieta desses povos é vegetariana, e eles protegem a fauna local, permitindo que aves e outros animais silvestres se alimentem de suas lavouras e bebam em seus açudes.

Sua religião proíbe o corte de qualquer árvore verde. Os carpinteiros devem esperar que uma árvore morra naturalmente para aproveitar a madeira. Os *bishnoi* de todas as idades ajudam a plantar florestas sagradas, chamadas *orans*, e a cuidar delas.

Graças a esses esforços de preservação e à atenção ao equilíbrio ecológico, o deserto de Thar no Rajastão é o deserto mais verde do planeta. De todos os desertos, é o que sustenta a mais numerosa população humana e animal.

O conto popular que se segue inspirou o Movimento Chipko ("Abrace as árvores"), cujos membros abraçam árvores para impedir que florestas sejam derrubadas. Ativistas do Chipko já salvaram milhares de árvores em toda a Índia. Seu sucesso inspirou grupos de preservação da natureza no mundo inteiro, difundindo uma mensagem de coragem e esperança.

Muitos acreditam que as ideias de resistência pacífica dos *bishnoi*, baseadas nos acontecimentos de Khejarli, influenciaram o próprio Mahatma Gandhi.

A árvore de Amrita
ÍNDIA

Amrita recostou-se na sua árvore predileta e descansou. Em contraste com o sol abrasador do deserto, ali ela encontrava verde e frescor. Às vezes Amrita subia na árvore. Às vezes o vento a balançava, e ela se tornava a rainha da floresta. Às vezes ela conversava com a árvore, compartilhando seus devaneios e segredos. Mas hoje o dia estava tão tranquilo que ela ficou ali sentada em silêncio.

A floresta estava prostrada de tanto sol e embaçada de tanta luz. Amrita olhou para o alto, para as folhas verdes luminosas, as formas inconstantes de luz e sombra. Até o vento parecia abafado.

Um pavão descansava. Antílopes pretos pastavam. Coelhos saltitavam de um lado para outro, despreocupados. Uma folha veio caindo, rodopiando preguiçosamente. Amrita fechou os olhos e suspirou de prazer.

COC! Ela ouviu um grito assustador. O alarme estridente do pavão ecoou pela floresta. Um calafrio percorreu a espinha de Amrita, que, aturdida, se pôs em pé.

As gazelas desapareceram. Os coelhos se dispersaram. Amrita passou a ouvir passadas de botas pesadas, estalos de galhos quebrados. Através das árvores, viu homens que vinham marchando, cada um carregando algo. Amrita forçou os olhos e viu o que era. Gumes brilhantes! Lampejos agudos! Eram machados.

– Cortem todas as árvores que puderem – ela ouviu o chefe dos madeireiros dizer. – O Marajá precisa de muita madeira...

Amrita prendeu a respiração. Eles não podiam derrubar a floresta! Sem aquelas árvores não haveria frutos para comer, não haveria folhas para dar às vacas, não haveria abrigo contra o sol.

Acima dela, zelando por ela, a árvore de Amrita balançava com a brisa.

– Não vou deixar que eles toquem em você – disse a menina, em voz alta. – Prometo que vou protegê-la. Não sei como, mas é o que vou fazer!

Veloz como uma gazela negra, ela correu. No povoado, ouvia o barulho da batedeira de manteiga e as suaves batidas do *chapati* sendo moldado. As mulheres estavam ocupadas. Amrita encontrou sua mãe.

– Amma, Amma – disse ela, ofegante, afastando dos olhos o cabelo que o vento soprava. – Vi homens na floresta, homens com machados. E eles vão derrubar as árvores!

  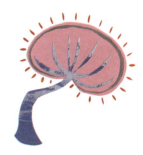

A mãe de Amrita se levantou tão afoita que derramou o jarro de água. Mas não parou para levantá-lo. A mãe de Amrita correu por toda a aldeia, tirando as mulheres dos seus afazeres.

– Precisamos salvar as árvores! – gritava ela. – Vamos!

Se naquele instante os homens que aravam o campo tivessem levantado os olhos, teriam visto uma procissão inacreditável, de mulheres e crianças, esposas e filhas, e avós carregando seus bebês nas costas. Todas corriam rumo à floresta, os sáris esvoaçando atrás delas, com faixas de açafrão e escarlate, blusas cintilando, pulseiras e tornozeleiras tilintando.

Ao chegarem, encontraram os cortadores de árvores afiando os machados. A mãe de Amrita cumprimentou-os com cortesia, unindo as mãos e baixando a cabeça.

– Namastê. Não queremos criar problemas, mas não podemos permitir que vocês derrubem essas árvores.

O chefe dos madeireiros lançou os olhos sobre o grupo minguado de mulheres postadas diante dele, coloridas como flores do deserto em seus sáris vibrantes, e tão indefesas. Ele bufou com desprezo.

– Vocês não são donas dessas árvores. Temos ordens do Marajá de Jodpur.

– Senhor, essas árvores são nossa vida – protestou a mãe de Amrita.

– Suas raízes firmam o solo. Elas impedem os deslizamentos de terra na estação das monções. Sem elas, nossos campos e nossas casas seriam levados pelas águas.

75

— E que importância têm seus casebres? — respondeu o homem, com um gesto de descaso. — Com essa madeira, o Marajá terá o mais belo palácio da Índia!

— Por favor! — implorou a mãe de Amrita.

— Essas raízes absorvem a chuva, para que a terra nos ofereça água pura. Entenda, precisamos dessas árvores para sobreviver.

— Chega! — disse o chefe, enraivecido. — Não tenho nada a ver com essa sua água preciosa. Essas árvores já foram designadas para o corte.

A tia de Amrita, que sempre ia à floresta colher ervas medicinais, ainda tentou argumentar.

— Senhor, veja como esse solo é rico — ela disse, fazendo escorrer um punhado de terra entre os dedos. — Ele é nutrido pelas folhas que caem. Se vocês tirarem essas árvores, as plantas, as ervas, tudo o que cresce aqui vai morrer. Estas ervas significam a cura de uma infinidade de doenças…

— Já ouvimos o suficiente — disse o chefe, de cara amarrada. — Agora saiam da minha frente e nos deixem trabalhar — e ele empurrou a velha para o lado com tanta violência que ela tropeçou e caiu.

Sentindo o calor subir-lhe ao rosto, Amrita adiantou-se para ajudar a tia a se levantar. Aquela mulher tinha salvado a vida do irmão da menina, quando ele adoecera no inverno anterior. Esses homens não tinham escrúpulos?

— Já! — ordenou o chefe. — Cortem as árvores!

Um madeireiro troncudo pôs o machado no ombro e foi se aproximando de uma *khejari* antiquíssima. Com um golpe ágil, a lâmina de ferro penetrou fundo na casca da árvore.

Baque, baque, baque. Seus golpes eram tão fortes que toda a floresta estremecia. *Baque, baque, baque,* a seiva vermelha da árvore respingava em sua camisa. *Baque, baque, CRAQUE!* Com um gemido estrondoso, a árvore poderosa foi ao chão. A mãe de Amrita cobriu a boca com as mãos. Amrita olhava espantada, sem conseguir acreditar.

– Parem! – gritou alguém. Mas os homens não pararam. Cortaram outra árvore, e mais outra. Logo a floresta se transformou num cemitério de árvores. Galhos quebrados espalhavam-se pelo chão. Folhas caíam como lágrimas.

Um homem esbarrou em Amrita, dirigindo-se para a árvore especial da menina.

– Não! Não! Por favor, não faça isso! – ela gritou, com as lágrimas nos olhos. – Por favor, não derrube minha árvore.

O madeireiro continuou avançando. O cheiro penetrante dos troncos que sangravam queimava as narinas de Amrita, e as lágrimas faziam seus olhos

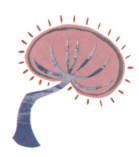

arderem. Amrita passou na frente do homem, bloqueando seu caminho. Sua voz tremia.

– Não vou deixar ninguém fazer mal à minha árvore.

O cortador de árvores deu uma gargalhada.

– Ora, garota, o que vai fazer para nos impedir?

Amrita imaginou como seria sua árvore caída morta no chão da floresta. Imaginou como seria nunca mais sonhar à sombra dos seus galhos, nunca mais balançar sob sua copa. E ela saiu correndo na frente do madeireiro.

– Amrita, pare! Volte! Amrita!

Amrita não deu atenção aos gritos da mãe e abraçou-se à sua árvore, apertando o corpo contra ela.

– Se quiser cortar a árvore, vai ter que me cortar primeiro!

O homem e o machado estavam atrás dela. Amrita ouvia o som da sua própria respiração, forte e rápida. O homem levantou a lâmina afiada.

– Força nesse machado! – ordenou o chefe. Amrita cerrou os dentes e se agarrou à velha amiga, com tanta força que a casca áspera marcava seus braços e suas bochechas. Ela ergueu os olhos para o tronco vigoroso que se

erguia para o céu, para os galhos que a protegiam como braços amorosos. Sentiu as raízes debaixo dos pés, ancorando-a nas profundezas da terra. Sentiu a força da árvore percorrendo seu corpo. E soube, com uma certeza profunda e intensa, que estava agindo corretamente.

– Força nesse machado! – gritou o chefe mais uma vez.

– Eu… – balbuciou o madeireiro. Ele olhou para a menina… aquela menina magra como uma muda de árvore, de olhos fechados, que com seus braços finos estreitava a árvore num abraço tão forte, com as bochechas manchadas de lágrimas e descoradas de pavor. – Eu… eu não posso.

Amrita abriu um olho, depois o outro, e viu o homem, cabisbaixo, com o machado largado a seus pés. Ao seu redor, as pessoas abraçavam as árvores. Mulheres e crianças, esposas e filhas, avós e bebês abraçavam-se às árvores. Algumas eram tão antigas e tinham troncos tão largos que, para abraçá-los, mulheres de várias gerações se davam as mãos.

Os machados estavam jogados no chão da floresta. Os homens, reunidos em grupos, falavam em voz baixa. E aos poucos, em silêncio, eles foram apanhando os machados e saindo da floresta.

– Que ideia foi essa? – gritou a mãe de Amrita. – Fiquei apavorada.

– Eu também – disse Amrita, que, agarrada à sua árvore, não parava de beijá-la.

Mais tarde, quando começou a escurecer, Amrita se recostou na sua árvore para descansar. Pombos arrulhavam baixinho. Um pavão bateu as asas para se empoleirar num galho. Amrita suspirou, satisfeita.

– Amrita...

Sua mãe sentou no chão ao seu lado e afagou seu cabelo.

– Você sabe que os cortadores de árvore vão contar ao Marajá o que aconteceu – ela disse, baixinho. – Eles vão voltar, ou talvez até o Marajá venha em pessoa...

Ajeitando uma mecha de cabelos da filha, a mãe sorriu.

– Você é igualzinha à sua árvore – ela disse. – Forte por dentro, como o cerne da madeira.

Amrita sorriu para a mãe e, de braços dados, elas voltaram para casa.

Na manhã seguinte, as mulheres voltaram a seus afazeres. Suas mãos estavam ocupadas, mas seus olhos perscrutavam o horizonte. Será que os madeireiros voltariam? E o Marajá? Será que ele puniria as pessoas que tinham ousado desafiar suas ordens?

Aquela tarde, em meio a um tropel de cavalos e uma nuvem de poeira, o Marajá chegou.

As mulheres deram-se as mãos e puxaram os filhos para perto de si. A mãe de Amrita mordeu o lábio. Sua tia engoliu em seco. Mas Amrita se levantou para cumprimentar o Marajá com toda a dignidade de uma rainha da floresta.

A menina ficou surpresa ao ver que ele não trazia um machado, mas uma trouxa colorida. O Marajá desmontou do cavalo. Assombrada, Amrita o viu desamarrar o tecido de seda e revelar uma placa de cobre, na qual estava gravado um decreto real.

— Aqui está um presente para você, Amrita — disse o Marajá, ajoelhando-se na poeira —, e também para as mulheres da sua aldeia, em homenagem à sua coragem e à sua sabedoria. Prometo que, de hoje em diante, nenhuma árvore desta floresta será derrubada.

À noite houve festejos alegres. Todas as árvores se enfeitaram de flores e guirlandas. Ondas de música flutuavam pela floresta e se misturavam aos deliciosos aromas do banquete. Fogos de artifício iluminavam os céus.

Quando Amrita por fim adormeceu, os vivas dos aldeões ainda ressoavam em seus ouvidos e os fogos de artifício ainda lampejavam por trás das suas pálpebras. Ela dormiu com um sorriso nos lábios.

Centenas de anos depois, canções sobre o povo que abraçou as árvores ainda ecoam por todas as aldeias da Índia. A coragem de Amrita inspirou pessoas de todo o país a se manterem unidas para proteger as florestas. Milhares de árvores foram salvas, e mais de um milhão foram plantadas.

E numa floresta sagrada está ainda a árvore de Amrita.

Construa uma cabana de salgueiro

Faça no seu jardim um abrigo coberto de folhas, só para você.

Você vai precisar de:
- hastes vivas de salgueiro
- uma pá
- barbante
- outros materiais para tecer: folhas, cipós, capim, lã
- uma varinha

Primeiro passo: Use uma varinha presa a um pedaço de barbante para riscar uma circunferência no chão.

Segundo passo: Com uma pá, arranque a grama ao longo da linha da circunferência. Deixe um trecho de grama sem cortar onde quiser que seja a porta de entrada.

Terceiro passo: Ao longo da circunferência, a intervalos regulares, enfie as hastes mais compridas de salgueiro, a cerca de 20 cm de profundidade. Deixe um espaço maior no lugar da porta.

Quarto passo: Junte as pontas das hastes e amarre-as.

Quinto passo: Agora, passe as hastes menores por entre as hastes verticais, trabalhando de baixo para cima. Você também pode tecer com as hastes pedaços de cipó, folhas compridas, capim ou lã colorida. Lembre-se de deixar um espaço para a porta. Para isso, basta dobrar o material em torno da haste vertical e voltar tecendo no sentido contrário.

Sexto passo: Regue um pouco as hastes de salgueiro. Admire sua criação e espere sua cabana ir se fechando!

País de Gales

Segundo a tradição celta, em outros tempos viviam na Grã-Bretanha muitos espíritos da natureza: protetores da vida selvagem, forças personificadas da natureza e espíritos locais que protegiam determinadas pedras, águas e florestas.

O povo celta do País de Gales, da Irlanda e da Escócia tem uma rica tradição de histórias e crenças sobre fadas. Há fadas que podem se tornar invisíveis, mudar de forma ou voar; algumas vivem debaixo da terra, outras em árvores, poços ou lagos. Seu mundo encantado está sempre próximo do mundo humano, e é sempre prudente tratar as fadas com respeito.

Este conto de fadas vem de Gales, uma terra de prados e charnecas, de montanhas escarpadas e vales ondulantes, banhada pelo mar por três lados.

Esta história mostra que existem *habitats* em toda a nossa volta, embora não os enxerguemos. Ela ilustra o impacto do nosso lixo sobre esses ambientes frágeis, lembrando-nos de que devemos ser vizinhos respeitosos.

Água malcheirosa

PAÍS DE GALES

O velho e a velha moravam numa casinha caiada no alto da colina. Todas as noites, a velha preparava o jantar. Enquanto o ensopado borbulhava no fogão, ela juntava num balde aparas e cascas. Eram pontas úmidas de couve, peles viscosas de alho-poró e espirais pegajosas de casca de batata.

Ela juntava com as mãos todo aquele lixo e jogava tudo no balde. PLOC!

Catava com os dedos os pedacinhos grudentos e jogava tudo no balde. CHAPE!

Limpava com uma esponja os respingos e manchas de sabe-se-lá-o-quê e jogava tudo no balde. PLINC!

Depois de comerem o ensopado de legumes, ela lavava os pratos; e a água suja da louça também ia para o balde. CHUÁ!

Então, com cuidado, com muito cuidado, o velho saía cambaleando pela porta da frente, levando o balde cheio de resíduos. Um passo, dois passos, descanso. Um passo, dois passos, descanso. Um passo, dois passos, PLOFT! Ele erguia o balde transbordante e despejava o lixo por cima do muro do jardim.

Certo dia, ao anoitecer, o velho parou para descansar um pouco. Ele não estava ficando mais jovem nem o balde mais leve. O velho se esticou, massageando as costas na altura dos rins.

– Então é você! – guinchou uma voz.

– O quê? – disse o velho, tentando enxergar através da penumbra.

– Aqui embaixo! Perguntei se é você que despeja essa água imunda e malcheirosa por cima do muro – a voz era de um homenzinho minúsculo, de cara vermelha e enrugada como um fruto murcho de roseira.

O velho esfregou os olhos.

– É – disse ele. – Sou eu, sim. Despejo essa água todas as noites.

– Eu sei! – o duende suspirou fundo.

– Mas que mal há nisso? – perguntou o velho. O duende então começou a suspirar, a reclamar e a gemer tanto, que o velho ficou com o coração apertado. – Qual é o problema?

– Olhe bem – disse o duende – e você verá.

— Com mil demônios! — exclamou o velho. Ali, bem do outro lado do muro, havia uma casinha minúscula. Mas que imundície!

Uma crosta gordurosa se formara em torno da chaminé. O telhado estava cheio de pedacinhos grudentos de comida. E a água do poço cheirava a azedo.

— O que você joga desce direto pela minha chaminé! — queixou-se o duende, franzindo o rosto como se estivesse prestes a chorar.

A mulher do duende saiu da casinha, trazendo no colo uma trouxinha: era um bebê pálido e mirrado, que não tinha forças nem para chorar.

— Nosso filho está doente — disse a mulher. — Se ele não tiver água limpa para beber imediatamente... — ela escondeu o rosto no ombro do marido.

— Mas isso é terrível! — exclamou o velho, horrorizado. — Nós não fazíamos ideia... Mas o que podemos fazer? Precisamos nos livrar do nosso lixo, e o balde é tão pesado que não consigo carregá-lo para além do muro. Já não sou jovem... — e o velho achou que seu coração fosse partir ao meio diante do olhar desesperado dos duendes. Por isso, logo ele acrescentou: — Bem, esperem um instante. Deixem-me pensar...

A mulher do duende levou o bebê para dentro, deixando o marido e o velho ali sentados, refletindo. Ali eles ficaram, suspirando, com o olhar parado, até a lua nascer, mas não conseguiram pensar em nenhuma solução.

De repente, o duende anunciou:

— Já sei o que vou fazer. Vou embora e volto daqui a três dias. Talvez até lá você tenha pensado em alguma solução.

E assim eles se despediram.

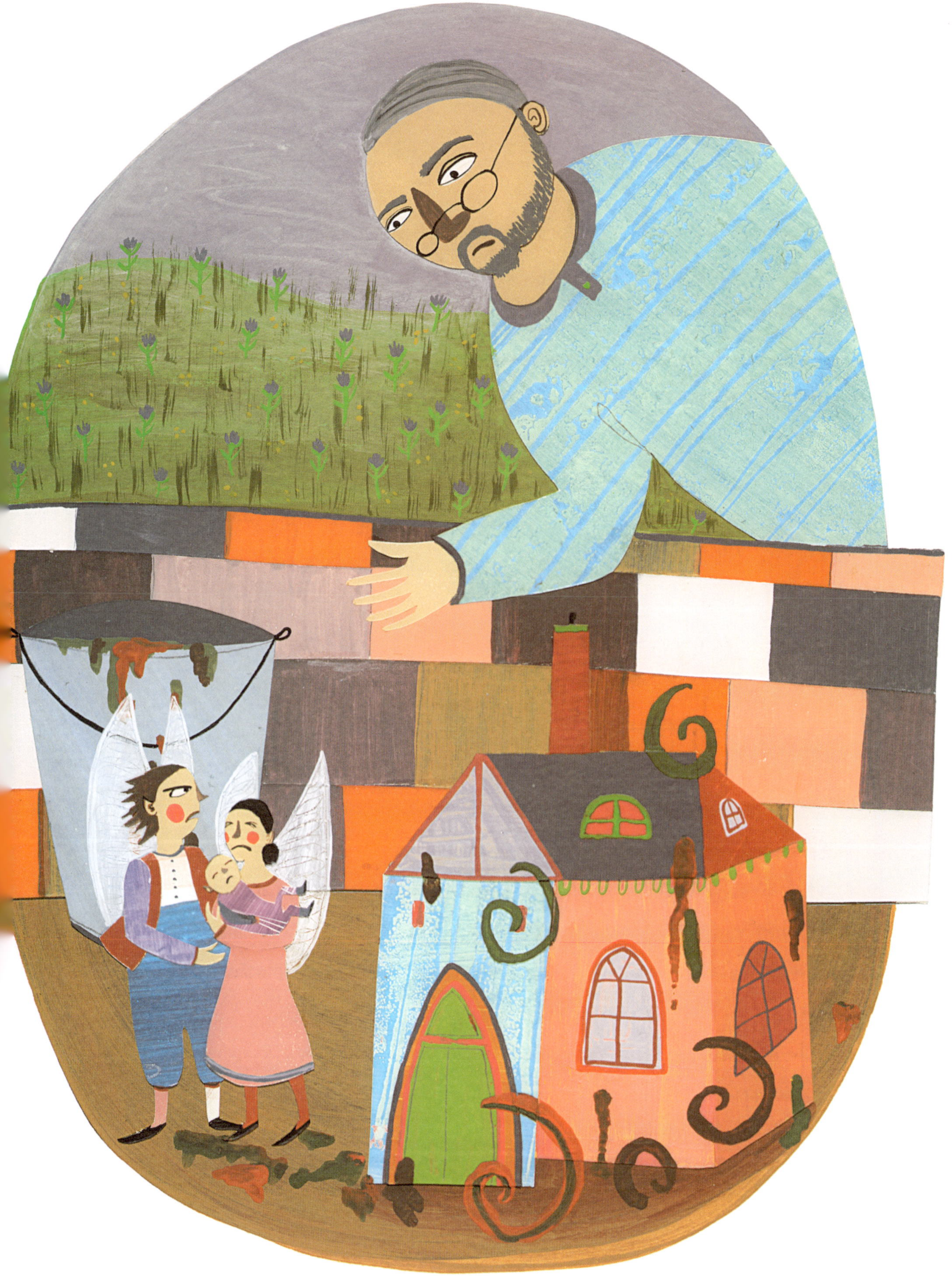

— Por que você demorou tanto lá fora? — perguntou a velha.

O velho contou à mulher toda a história. Falou do duende, da casinha, da água malcheirosa.

— Ai, coitados! — disse a velha. — E o bebê... — ela se lamentava, retorcendo o xale nas mãos.

No dia seguinte, desde o amanhecer até o anoitecer, o velho e a velha não pararam de pensar.

À noite, o balde cheio de lixo continuava num canto da casa, viscoso e malcheiroso. O velho sentou à soleira da porta, com os olhos voltados para o poente.

— O que está fazendo aí fora, nessa escuridão e com essa umidade? Venha para dentro — disse a velha, abraçando o marido pelos ombros e conduzindo-o para o calor aconchegante da casa.

Quando deram meia-volta, uma coruja surgiu do nada. Ela vinha voando baixo, lentamente, branca como um fantasma. Seu grito súbito fez um ratinho silvestre sair em disparada em busca de segurança.

— É isso! — exclamou o velho. — Vamos dar um grito de advertência. Antes de despejarmos o balde, gritaremos "cuidado!". Assim, os duendes terão tempo de sair do caminho para não serem atingidos pelos respingos do lixo.

A velha pensou um pouco e abanou a cabeça.

— Ora, eles não vão conseguir tirar a casa do lugar, vão? Nem o poço.

— Acho que não — o velho baixou os ombros. E os dois foram dormir, desanimados.

No dia seguinte, eles conversaram muito, tentando encontrar uma solução. Ao anoitecer, o velho sentou junto da lareira e não pôde deixar de pensar no casal de duendes, sentado na casinha úmida, fria e suja.

Ele olhava para o fogo, pensando, refletindo. E ouvia o fogo chiar, crepitar. E via as línguas de fogo se lançar, lamber.

De repente ele se pôs em pé de um salto.

— Já sei! — exclamou, com o rosto reluzente. — Vamos queimar nosso lixo! Vamos armar uma bela fogueira todas as noites.

A velha pensou um pouco e abanou a cabeça.

— E vamos sufocar os duendes com nuvens de fumaça imunda? E o que faríamos para nos livrar das cinzas?

— É mesmo — disse o velho, desanimado.

E o balde de lixo continuava num canto da casa, fumegante e malcheiroso.

No terceiro dia, mais uma vez eles pensaram o tempo todo em algum modo de ajudar os duendes. E mais uma vez não conseguiram encontrar uma solução.

Até que a velha, ocupada em descascar batatas, picar repolho e fatiar cenouras, teve uma ideia.

Ela apontou para a parede com a faca de cozinha e disse:

— E se fizéssemos uma porta nos fundos da nossa casa? Você poderia levar o balde para o muro dos fundos, onde nosso lixo não incomodaria a família de duendes. Além do mais, lá atrás ficam as terras da fazenda do senhor Jones. Aposto que o porco dele ia gostar muito dos nossos restos.

— Ótima ideia — respondeu o velho —, mas estou velho demais para fazer um serviço desses.

— Podíamos contratar o carpinteiro e o pedreiro para fazer isso para nós…

O velho deu um sorriso triste.

— E como íamos pagar-lhes? Com cascas de batata?

— Eu tenho um pouco de dinheiro guardado — disse a velha. — Gostaria de gastá-lo ajudando nossos vizinhos.

O velho então abraçou a mulher.

— Que mulher maravilhosa! — exclamou ele. — Que mulher!

Assim, naquela terceira noite, o velho saiu animado para encontrar o duende.

— E então? — perguntou o duende, sem nem um fiapo de esperança na voz.

— Está tudo resolvido! — respondeu o velho. E contou seu plano ao duende.

— Vocês fariam isso por nós? — perguntou o duende, abrindo um sorriso de orelha pontuda a orelha pontuda.

Os velhos mandaram fazer uma porta na parede dos fundos da casa.

Aquela noite, enquanto o ensopado borbulhava no fogão, a velha mandou para o balde aparas e cascas. Eram pontas úmidas de couve, peles viscosas de alho-poró e espirais pegajosas de casca de batata.

Ela juntou com as mãos todo aquele lixo e jogou tudo no balde. PLOC!

Catou com os dedos os pedacinhos grudentos e jogou tudo no balde. CHAPE!

Limpou com uma esponja os respingos e manchas de sabe-se-lá--o-quê e jogou tudo no balde. PLINC!

Depois de comerem o ensopado de legumes, ela lavou os pratos; e a água suja da louça também foi para o balde. CHUÁ!

Então, com cuidado, com muito cuidado, o velho saiu cambaleando pela porta dos fundos, levando o balde cheio de resíduos.

Um passo, dois passos, descanso. Um passo, dois passos, descanso. Um passo, dois passos, PLOFT! Por cima do muro dos fundos.

E *ROINC, ROINC!* O porco do fazendeiro comeu tudinho.

E todas as noites, depois do bom ensopado de legumes, o velho casal passou a sentar-se junto da lareira, com a chaleira apitando no fogo. E na casinha minúscula dos vizinhos, tudo também era limpo e aconchegante. Os duendes também se sentavam juntinhos, enquanto o bebê dormia no berço, gorducho, corado e feliz.

Faça um minijardim aquático

Crie um habitat para vários tipos de animais: peixes, salamandras, lesmas, libélulas, borboletas e passarinhos.

Você vai precisar de:
- um recipiente para água (de cerâmica, metal ou plástico)
- seixos e pedras
- água
- algas (peça na loja de jardinagem algas nativas, não exóticas)
- vasos para plantas
- cascalho
- plantas aquáticas (nativas, não exóticas)

Primeiro passo: Encontre um local ensolarado e abrigado para seu recipiente, longe de árvores pendentes.

Segundo passo: Cubra o fundo do recipiente com uma camada de seixos. Depois, empilhe pedras maiores e mais planas para criar uma rampa que se projete para fora da água. Por ali poderão entrar e sair da água criaturas anfíbias, como, por exemplo, rãs. Além disso, aves, borboletas e libélulas poderão pousar nas pedras e beber água.

94

Terceiro passo: Encha o recipiente com água. O ideal é usar água de chuva.

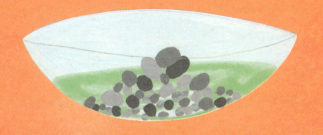

Quarto passo: Acrescente algumas algas. Elas crescem debaixo d'água e ajudam a manter a água limpa, além de fornecer oxigênio para a respiração de criaturas aquáticas. Algas são vendidas em maços sem as raízes. Basta fincá-las num vasinho com cascalho para mantê-las no lugar, e depois colocá-las dentro d'água.

Quinto passo: Acrescente plantas aquáticas. Uma ninfeia anã é ideal para um pequeno jardim aquático. Ponha o vaso no fundo do recipiente. O caule vai crescer até que as folhas e as flores flutuem na superfície.

Sexto passo: Seu jardim aquático poderá proporcionar um lar para rãs, salamandras, libélulas e um sem-número de criaturas aquáticas. Também poderá oferecer aos passarinhos um lugar para se banhar. Sente-se tranquilamente e observe os visitantes do seu oásis.

Fontes e agradecimentos

A MÃE SOL – Austrália

A Mãe Sol baseia-se em "The Story of Creation" [A história da criação], de William Ramsay Smith, em *Myths and Legends of the Australian Aboriginals* [Mitos e lendas dos aborígines australianos] (George G. Harrap, 1930). As histórias deste livro foram compiladas por David Unaipon, escritor *ngarrindjeri* da região do baixo rio Murray na Austrália. Pode-se encontrar mais informações sobre ele e ler suas obras em *Legendary Tales of the Australian Aborigines* [Contos lendários dos aborígines australianos], de David Unaipon (The Miegunyah Press, 2006).

POR QUE O CÉU É TÃO LONGE – Nigéria

Ouvi essa história pela primeira vez num maravilhoso fim de semana de contação de histórias organizado pela professora e contadora Sue Hollingsworth. O esqueleto da história pode ser encontrado em *The Origin of Life and Death: African Creation Myths* [A origem da vida e da morte: mitos africanos da criação], de Ulli Beier (Heinemann Educational Books, 1966).

ELA QUE ESTÁ SÓ – Sudoeste dos Estados Unidos

Fiquei conhecendo essa história em *The Legend of the Bluebonnet* [A lenda dos tremoços azuis], de Tomie DePaola (G. P. Putnam's Sons, 1983). Por sua heroína atuante, a história é recomendada por Nancy Schimmel em seu excelente livro de referência *Just Enough to Make a Story* [O suficiente para fazer uma história] (Sisters' Choice, 1992). Para quem tiver interesse em ler uma seleção mais ampla de histórias representativas do sudoeste dos Estados Unidos, sobre bosques e desertos, recomendo *American Indian Myths and Legends*, seleção e organização de Richard Erdoes e Alfonso Ortiz (Pantheon Books, 1984).

A LAGARTIXA IRRITADA – Bali

"Gecko's Complaint" [A queixa da lagartixa] encontra-se em *Folk Tales from Bali and Lombok* [Contos populares de Bali e Lombok], de Margaret Muth Alibasah (Djambatan English Library, 1990). Na versão de Alibasah, o chefe da aldeia é um ser humano. Outras versões desse conto popular descrevem o chefe como um animal. Na versão contada por Ann Martin Bowler, *Gecko's Complaint* (Periplus Editions, 2003), ele é um leão. Preferi que fosse um tigre, já que os tigres balineses eram os únicos mamíferos endêmicos da ilha. (Isso quer dizer que eles provinham originalmente de Bali. Muitos animais que habitam em Bali vêm das ilhas próximas, de Java e Sumatra.) O último tigre balinês foi morto por caçadores em 1937. O tigre balinês era uma das três subespécies de tigres encontradas na Indonésia. Na década de 1980, o tigre javanês também foi extinto, pelo desmatamento e pela caça. O tigre de Sumatra está sob grave ameaça de extinção.

O JARDIM MÁGICO – Cazaquistão

Esse conto popular vem de *Stories of the Steppes* [Histórias das estepes], de Mary Lou Masey (David McKay Company, 1968). Uma versão também aparece em *Earth Care: World Folktales to Talk About* [Cuidados com a Terra: contos populares do mundo inteiro para tema de conversa], de M. R. MacDonald (Linnet Books, 1999), esplêndida coleção de contos ecológicos para contadores de histórias.

A ÁRVORE DE AMRITA – Índia

Em 1730, Amrita Devi e algumas centenas de aldeões sacrificaram a vida para proteger sua floresta. O Marajá de Jodpur homenageou sua coragem proibindo o corte de madeira na região. A lei está em vigor ainda hoje. Um relato desses acontecimentos pode ser encontrado em *Paving the Way for Peace: Living Philosophies of Bishnois and Jains* [Preparando o caminho da paz: filosofias vivas de *bishnois* e jainistas], de Herma Brockmann e Renato Pichler (Originals, 2001).

Em 1974, uma menina avistou madeireiros que vinham marchando na direção da floresta Reni e alertou os aldeões. Vinte e sete mulheres e crianças protegeram as árvores, e a floresta foi salva. A história espalhou-se por toda a Índia. Em consequência disso, o governo proibiu toda e qualquer derrubada de árvores numa área de mais de mil quilômetros quadrados. Um relato desses acontecimentos pode ser encontrado em *Hugging the Trees: The Story of the Chipko Movement* [Abraçando as árvores: a história do movimento *chipko*], de Thomas Weber (Viking, 1987).

"A árvore de Amrita" baseou-se nesses dois acontecimentos históricos.

ÁGUA MALCHEIROSA – País de Gales

Versões desse conto podem ser encontradas em *The Welsh Fairy Book* [O livro galês de fadas], de W. Jenkyn Thomas (Fisher Unwin, 1907), *Welsh Legendary Tales* [Contos galeses lendários], de Elisabeth Sheppard-Jones (Thomas Nelson, 1959), e *Fairy Tales from the British Isles* [Contos de fadas das Ilhas Britânicas], de Amabel Williams-Ellis (Frederick Warne, 1960).